Yvonne Struck

Jungs, meine Mutter und der ganze andere Mist

Weitere Titel der Autorin:
Jungs sind Idioten, Mädchen auch.

Yvonne Struck

Jungs, meine Mutter und der ganze andere Mist

Baumhaus

Dieser Titel ist auch als E-Book erschienen.

MIX
Papier aus verantwortungsvollen Quellen
FSC® C014496
FSC
www.fsc.org

Originalausgabe

Textredaktion: Regine Teufel, Mainz
Illustrationen: Carolin Nagler, München
Umschlaggestaltung: Tanja Østlyngen
Umschlagmotiv: © shutterstock/aleksandr hunta
Satz: Helmut Schaffer, Hofheim a. Ts.
Gesetzt aus der Adobe Caslon Pro
Druck und Einband: GGP Media GmbH, Pößneck

Printed in Germany
ISBN 978-3-8339-0332-8

13 12 11

Sie finden uns im Internet unter www.baumhaus-verlag.de
Bitte beachten Sie auch www.luebbe.de

Für Alex.
Danke.

1. November, Mo.

Mama hat Magen-Darm. Heute Morgen hing sie über der Kloschüssel und würgte so laut, dass man es durch die ganze Wohnung hören konnte. Nicht, dass das nötig gewesen wäre – ich stand ja direkt vor der Badtür. Ich war nämlich extra früh aufgestanden, um Sonja vor der ersten Stunde abzuholen. (Sie ist meine beste Freundin seit der ersten Klasse.)

»Mama? Dauert das noch lange? Ich hab's eilig!«, rief ich.

Mama würgt nämlich immer nur rum, gekommen ist noch nie was. Über eine Woche geht das nun schon so.

Mama nuschelte: »Gleich, Marie, gleei-wurgsaaaaarghö-platschplatschplatsch.«

Heute ist also doch was gekommen.

Dann drehte sich der Schlüssel im Schloss, und Mama kam mit kreidebleichem Gesicht heraus. Aus der Kloschüssel stank es wie alter Apfelsaft, sauer-eklig. Ich spülte vorsichtshalber noch zweimal nach, bevor ich mich draufsetzte.

Nach der ewigen Warterei war ich natürlich viel zu spät dran, um Sonni noch abzuholen. Typisch.

2. November, Di.

Mama hat immer noch Magen-Darm, aber heute bin ich noch früher aufgestanden und war vor ihr im Bad. Jetzt stand SIE vor der Tür und hibbelte rum: »Mach auf, Marie, ich halt's nicht mehr aus!«

Sieht sie mal, wie das ist.

Irgendwann war Ruhe, dafür hat's dann aus der Spüle in der Küche nach saurem Apfelsaft gerochen. Tat mir ja schon leid, irgendwie. Aber ich kann mir doch von ihrer komischen Grippe nicht alles versauen lassen!

Obwohl – genützt hat es nichts. Ich war zwar rechtzeitig bei Sonja, aber Flo hab ich nicht gesehen. Er musste erst zur zweiten Stunde.

Flo ist Sonnis großer Bruder. Er ist schon sechzehn und hat eine eigene Band, und Schulsprecher ist er auch. Außerdem hat er die schönsten Augen der Welt. Grün. Ich steh total auf grüne Augen und dann noch zusammen mit braunen Haaren ... Wie bei Flo eben! Wenn er mich ansieht, kribbelt es ganz wahnsinnig in meinem Bauch. (Das ist ein irres Gefühl! So eine Mischung aus Glück und Angst – ich grinse über das ganze Gesicht und würde mich dabei am liebsten in Luft auflösen.)

Nur nicht heute Morgen, wie gesagt.
Wieder ein Tag verschwendet.

5. November, Fr.

Sonni weiß nicht, dass ich in Flo verliebt bin. Und sie soll es auch nicht wissen! Flo hat nämlich jede Menge »Groupies« – so nennt

Sonja die Mädels in unserer Schule, die in ihn verknallt sind. Und wie sie dabei guckt! Mit einer Mischung aus Mitleid und Auslachen. Mich soll sie nicht so angucken!

7. November, So.

Als ich heute Morgen in die Küche kam, sagte Papa gerade zu Mama: »Das ist doch nicht mehr normal. Vielleicht solltest du mal einen Test machen.«

Ich frage also: »Was für einen Test?«

Mama zu mir: »Ach, nichts.« Und dann sagt sie zu Papa: »Ja, mal sehen.«

Als ob ich gar nicht da wäre!

Nein, noch schlimmer. Als ob ich ein kleines Kind wäre, das nichts mitkriegt. Aber ich bin fast vierzehn. (Na gut, eigentlich dreizehneinhalb.)

Ich also noch mal: »Was denn nun für einen Test?«

Aber ich hab wieder keine Antwort gekriegt. Dabei kann ich es mir schon denken. Sie will testen, ob sie gefährliche Bakterien in der Sch… hat. Wegen der Magen-Darm-Sache. Bäh!

10. November, Mi.

Ich habe ihn gefunden! Den Test. Er lag im Badmülleimer unter einem Haufen zusammengeknülltem Klopapier. Das Teil sah aus wie ein Fieberthermometer mit einem kleinen Fenster darin. Aber

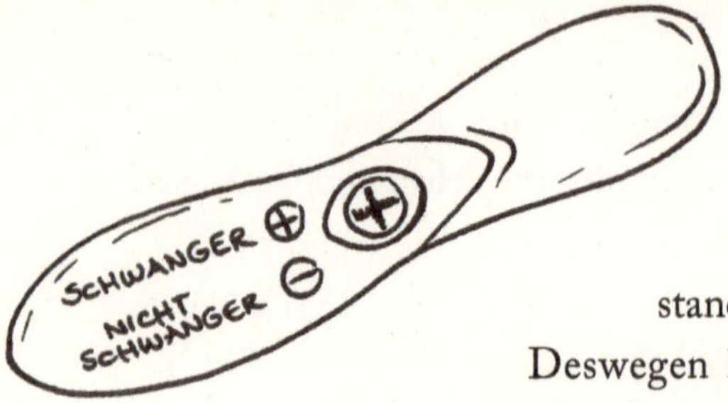

von wegen Bakterien-Test. In dem Fenster war ein kleines Kreuz und daneben stand: *schwanger*.

Deswegen hängt Mama die ganze Zeit über dem Klo! Sie hat es nicht mal geleugnet, als ich sie gefragt habe.

»Ja, für uns ist es auch noch ganz frisch, aber du kriegst bald ein Geschwisterchen!«, strahlte sie. »Freust du dich?«

Warum, bitte, sollte ich mich darüber freuen?

Genau das hätte ich normalerweise gesagt, aber sie sah so glücklich aus, da ging das irgendwie nicht. Also habe ich nur mit den Schultern gezuckt und mich verkrümelt, um Sonja anzurufen und mich aufzuregen.

Aber nicht mal auf meine Freundin ist Verlass. Sonja fing gleich an zu kreischen, wie süß sie das findet, dass wir bald ein Baby haben und dass sie dann immer vorbeikommt. Die hat gut reden! Sie kann ja abends wieder nach Hause gehen.

Warum versteht mich bloß keiner? Ich meine, es ist ja nicht so, dass mein Meerschweinchen schwanger wäre. Das fände ich natürlich auch süß. (Obwohl es eher nicht passieren wird, Rasputin ist ein Männchen.)

Aber meine Mutter? Wenn das Baby kommt, bin ich schließlich schon vierzehn, da hat man echt keine Lust mehr auf Geplärre die halbe Nacht und so einen kleinen Hosenscheißer, um den alle herumtanzen.

15. November, Mo.

Mama und Papa spinnen jetzt schon. Mama kam heute mit einem hellblauen Strampler nach Hause, dabei kommt das Baby erst in acht Monaten. Und sie weiß noch nicht mal, ob es überhaupt ein Junge wird.

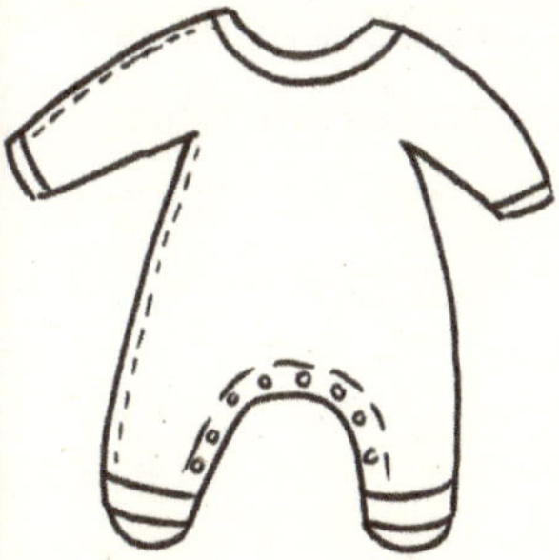

»Hellblau kann auch ein Mädchen tragen«, hat sie gesagt und das olle Frotteeteil ganz verliebt angeguckt. Wenigstens hat sie nicht gesagt, rosa kann auch ein Junge tragen.

21. November, So.

Oh Gott, das wird mir erst jetzt klar. Meine Mutter ist schwanger! Das heißt ja, sie hatte Sex, und zwar mit meinem Vater! Bäh!

22. November, Mo.

Sonni findet es ganz normal, dass Eltern Sex haben. Aber ich glaube, sie sagt das nur, weil sie cool sein will. Ich meine, wenn andere Sex haben, klar. Junge Leute. Aber meine eigenen Eltern?! Außerdem sind die schon fast vierzig!

Klar weiß ich, dass es theoretisch möglich ist. Ich habe sie schließlich schon öfter nackt gesehen, als ich noch kleiner war. War alles dran, was man dazu braucht.

Aber jetzt weiß jeder, dass sie tatsächlich Sex hatten! Und zwar nicht vor ewig langer Zeit (vor meiner Geburt zum Beispiel), sondern irgendwann vor ein paar Wochen. Meine Eltern! Wahrscheinlich sogar in unserem Haus, während ich nebenan gelesen oder geschlafen oder an Flo gedacht habe. Das will sich doch nun wirklich keiner vorstellen.

28. November, So.

Heute Abend hab ich's nicht mehr ausgehalten. Mama ist echt anstrengend, seit sie schwanger ist. Erst jubelt sie den ganzen Tag, und abends heult sie. Dass sie nicht weiß, wie sie das schaffen soll mit zwei Kindern und Job und so. ZWEI Kinder? Hallo? Die hat mich echt mit dem kleinen Schreihals in einen Pott geschmissen!

Also hab ich mir meine Jacke geschnappt und bin raus.

Es war schon halb acht, als ich bei Sonni klingelte. Dreimal. Keiner da. Keiner da? Von wegen. Keiner darf zur Tür, wohl eher. Ihre Eltern sind nämlich irgendwas Wichtiges in einer Wirtschaftsberatungsfirma und arbeiten immer mindestens bis sieben, und danach wollen sie ihre Ruhe – auch sonntags. Ruhe heißt vorm Fernseher hocken und Rotwein trinken, sagt Sonni, und keine nervigen Türklingler, Anrufer oder sonstigen Störer. Ich tastete nach meinem Handy. Dies war schließlich ein Notfall! Aber die Innentasche meiner Jacke war leer, und im gleichen Moment fiel es mir ein: Das Handy lag noch in meinem Zimmer auf dem Bett.

Also bin ich zum Spielplatz, der ist gleich bei uns um die Ecke, und hab mich auf die Schaukel gesetzt. Da war es wenigstens schön ruhig. Und das Schaukeln war auch witzig, hab ich schon ewig nicht mehr gemacht.

Ich schaukelte so in der Dämmerung vor mich hin, und nach einer Weile wurden meine Nasenspitze und mein Po ziemlich kalt. Ich überlegte gerade, ob ich wieder nach Hause gehen sollte, als plötzlich aus dem Piratenboot ein Schatten auftauchte. Da hab ich vielleicht Schiss gekriegt! Am liebsten wär ich weggerannt, aber mein Po war wie auf der Schaukel festgefroren. Der Schatten kam näher. Es war ein Junge, der sich die Kapuze tief ins Gesicht gezogen hatte. Ich war kurz davor zu schreien, da setzte er sich auf die Schaukel neben mich, schob die Kapuze nach hinten und sagte: »Hi.«

Ich klappte den Mund wieder zu. Aus der Nähe sah er nämlich überhaupt nicht gefährlich aus. Er kam mir sogar irgendwie bekannt vor. Ging der vielleicht auf unsere Schule?

Dann fiel mir ein, dass ich besser auch mal was sagen sollte.

»Hi«, krächzte ich, und er grinste. Was gab es da zu grinsen?

»Alles klar?«

»Ja«, zischte ich.

Mit einem Satz sprang er von der Schaukel und trottete davon. Wahrscheinlich war er beleidigt. Auch egal.

Was hatte er in dem Boot gemacht?

Und überhaupt, was für ein doofer Spruch: »Alles klar?«

Nichts war klar.

29. November, Mo.

Sonni findet das romantisch: der geheimnisvolle Unbekannte auf dem Spielplatz. Und sie meint, dass aus uns vielleicht ein Liebespaar wird. So ein Quatsch! Aber sie weiß ja auch nicht, dass ich bald mit Flo zusammenkommen werde.

Nur leider weiß Flo das auch noch nicht. Heute Morgen hab ich Sonni wieder abgeholt, und gerade als wir loswollten, kam er aus dem Haus. Mein Herz klopfte so heftig, ich dachte, das sieht man bestimmt durch die Jacke. Aber er hat nur kurz »Hi« gesagt und ist an mir vorbeigeschlappt.

8. Dezember, Mi.

Mama kocht jetzt nur noch gesunde Sachen. Ganz toll. Eigentlich darf ich mir mittwochs immer ein Essen wünschen, aber als ich Pommes und Hähnchennuggets gesagt hab, ist sie blass geworden und zum Klo gerannt. Stattdessen gab es dann Nudeln mit Tomatensoße. Im Prinzip auch nicht schlecht, wenn sie nicht die Soße aus frischen Tomaten gemacht hätte. Wegen der Vitamine. Nichts gegen Vitamine, aber die Stückchen darin waren echt widerlich. Dann hat sie gesagt, sie hätte sich solche Mühe gegeben und hat mich mit feuchten Welpenaugen angesehen. Also hab ich gesagt, jaja, schmeckt ganz toll, und ein paar Gabeln runtergewürgt.

Hinterher war mir übel.

16. Dezember, Do.

Solange Flo noch nicht weiß, dass er mich auch liebt, träume ich jeden Abend von ihm. Es ist ein Kurz-vor-dem-Einschlafen-Traum, und ich bin auf einem Konzert seiner Band. In Wirklichkeit habe ich sie noch nie spielen gehört, weil auf unsere Schulfeste erst Schüler ab der Neunten dürfen. Und Sonja und ich sind ja leider erst in der Achten. Jedenfalls spielt Flo Saxofon und sieht wahnsinnig gut aus dabei. Irgendwann entdeckt er mich in der Menge und lächelt mich an, und in meinem Bauch fängt es ganz leise an zu kribbeln. Kurz darauf ist Pause. Er kommt auf mich zu und sagt: »Na, Marie?« und sieht mir dabei tief in die Augen (es kribbelt immer mehr). Dann beugt er sich zu mir runter, seine Lippen berühren meine, und das Kribbeln wird so doll, dass ich glaube, ich platze gleich. Deshalb hört der Traum dann auch immer auf, aber das Kribbeln bleibt oft noch die ganze Nacht.

18. Dezember, Sa.

Die Wirklichkeit sieht leider anders aus. Ich habe nämlich noch nie einen Jungen geküsst. Ich wär total planlos, wenn mich einer küssen wollte. Und das, obwohl ich in der Sechsten fast immer das *Dr.-Sommer*-Quiz gewonnen habe. Das haben Sonja und ich mit der Bravo gespielt: Eine liest die *Dr.-Sommer*-Frage vor, die andere rät die Antwort. Sonja meinte mal, ich könnte Dr. Sommer vertreten, wenn er Urlaub macht.

Aber das ist ja nur Theorie. In echt geküsst habe ich, wie gesagt, noch nie. Deshalb habe ich heute Sonja gefragt, wie das geht. Sie

hat erst rumgestottert, aber dann kam raus, dass sie es auch noch nie gemacht hat! Und es geht ja hier nicht um einen Schmatzer auf die Wange, sondern um Knutschen, so richtig mit Zunge und so. Ich meine, leckt man da eher oder dreht sich alles im Kreis wie die Wäsche in der Waschmaschine?

Sonja hat vorgeschlagen, dass wir ja mal miteinander üben könnten, und ich hab gesagt: »Wie jetzt?«, und dann mussten wir beide so kichern, dass eh nichts mehr daraus geworden wäre. Also haben wir stattdessen unseren eigenen Unterarm geknutscht. Aber das ist natürlich nicht dasselbe, ein Unterarm hat ja keine Zunge. Mit Zunge küssen kann ich also immer noch nicht.

20. Dezember, Mo.

Achtung, jetzt kommt noch ein Geheimnis: Ich habe auch noch nicht meine Tage. Aber das weiß nicht mal Sonja. Sonja und ich sind nämlich ein typisches Beispiel dafür, dass das Leben echt unfair sein kann. Sie ist klein und schlank, und ich bin normal, das heißt normal groß und dick beziehungsweise dünn, also eigentlich keins von beidem. Und wo sich bei Sonja zwei kleine, feste Kugeln unter dem T-Shirt abzeichnen, ist bei mir ostfriesisches Flachland. Das heißt, nicht ganz: In der Mitte stehen die Brustwarzen spitz hervor. Gleichzeitig flach und spitz, das geht ja eigentlich gar nicht! Aber bei mir leider doch.

Und weil das Ganze schon unfair genug ist, habe ich einfach ja gesagt, als sie mich mal gefragt hat, ob ich schon meine Tage habe. Das war das einzige Mal, dass ich sie angelogen habe. Ich hab mich total mies gefühlt, schließlich sind wir die besten Freundinnen seit der ersten Klasse. Sie darf nienieniemals rauskriegen, dass das nicht stimmt. Deshalb hab ich am nächsten Tag gleich ein paar von Mamas Tampons in meine Federtasche gesteckt, sodass Sonja sie auf jeden Fall sehen konnte.

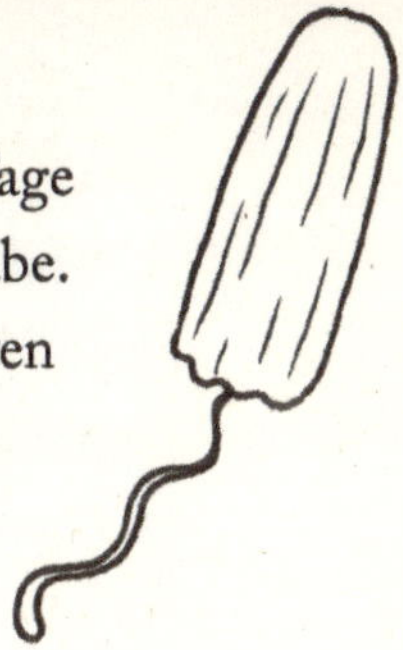

5. Januar, Mi.

Das ganze Weihnachtstrara und Silvester (mit Sonja vor dem Fernseher) sind vorbei, und heute war Mama mit Papa zusammen beim Frauenarzt. Papa hat sich extra freigenommen dafür, und beim Mittagessen waren die beiden superalbern. Papa hat die ganze Zeit mit einem kleinen Schwarz-Weiß-Ausdruck rumgewedelt, und Mama hatte so ein seliges Grinsen im Gesicht, als wäre sie auf Drogen. Nee, noch schlimmer: bis unter die Haarspitzen voller Hormone. Die ganze Zeit haben sie von dem kleinen Keks, dem Würmchen, dem Krümelchen, unserem Spätzchen und so weiter geflötet. Mir wäre fast das Essen wieder hochgekommen.

Und dann sollte ich auch noch unbedingt gucken. »Nee, lass mal« half dieses Mal gar nicht. Mama bekam wieder den feuchten Welpenblick, und Papa machte einen auf streng und sagte: »Marie, deiner Mutter zuliebe! Sie ist schließlich schwanger!«

Als ob ich das noch nicht gemerkt hätte.

Und Mama sagte mit einer Stimme, als würde sie gleich anfangen zu heulen: »Nein, nein, nicht nur mir zuliebe! Wirklich, wenn du nicht willst …«

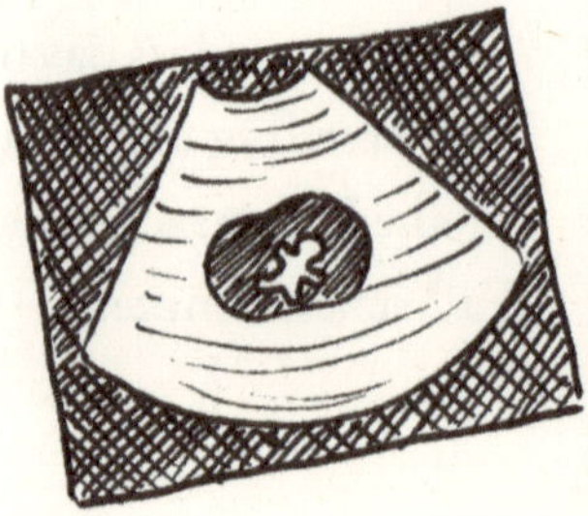

Da blieb mir ja nichts anderes mehr übrig. Ich hab's mir also angesehen, das Bildchen. War ziemlich pixelig, aber eindeutig schon ein kleiner Mensch mit Kopf und Armen und Beinen. Sogar die Finger konnte man erkennen. Echt witzig, dabei ist das Teil erst vier Zentimeter lang. Nicht der Finger, das ganze Baby, meine ich.

»Ganz nett«, sagte ich also, und meine Eltern platzten fast vor Freude.

Aber heute Abend hat's bei Papa echt ausgesetzt: Er kam mit einem Stapel Karten in mein Zimmer, die sollte ich unterschreiben. »Warum denn?«, fragte ich, aber er grinste nur. Und als ich eine Karte umdrehte, war vorne drauf das Ultraschallbild, und darunter stand: *Wir sind jetzt bald zu viert.* Die will er an alle unsere Verwandten und Freunde schicken. Kein Scherz!

6. Januar, Do.

Oma hat ihre Karte bekommen. Heute Nachmittag stand sie vor der Tür. Ich war alleine zu Hause, Mama und Papa waren im Babymarkt, Kinderwagen bestaunen.

»Hallo, Kind«, sagte sie und drückte mir einen dicken Schmatzer auf die Wange. Ich wünschte, sie würde mich nicht immer Kind nennen. Und weniger feucht küssen!

Während ich mir unauffällig die Wange abwischte, kramte sie die Karte aus ihrer Handtasche und hielt sie mir vors Gesicht.

»Wusstest du davon?«

Was für eine dämliche Frage, ich hab ja unterschrieben.

»Nein, ich meine, vorher!«, sagte Oma. »Dass die so was planen!«

Ich glaube ja eigentlich nicht, dass das geplant war, und das hab ich Oma auch gesagt.

»Ein Unfall«, stöhnte sie. »Und das in der heutigen Zeit! Da kann man doch was gegen tun!«

Ich bin mir nicht ganz sicher, wie sie das gemeint hat. Dass man vorher verhüten soll oder dass man hinterher abtreiben soll? Das wäre dann doch ganz schön hart. Ich meine, nicht, dass ich mich auf das Baby freue. Aber wenn ich an das pixelige Schwarz-Weiß-Bild mit den kleinen Fingern denke …

Aber das bekam ich nicht raus, denn Oma stürmte erst mal an mir vorbei ins Wohnzimmer, direkt auf den Schrank mit den Schnäpsen zu.

»Den brauch ich jetzt«, stöhnte sie, goss sich einen hinter die Binde und ließ sich aufs Sofa plumpsen.

»Wie stellen die sich das vor? Ihr habt doch hier gar keinen Platz! Oder soll der Kleine mit in dein Zimmer?«

»Auf keinen Fall!«, rief ich. Daran hatte ich ja noch gar nicht gedacht! Das wäre die ultimative Katastrophe. Nie mehr ausschlafen. Nie mehr ungestört von Flo träumen. Und wenn ich mit ihm zusammenkomme: Wie soll ich dann so ein Gör im Zimmer erklären?

Bis meine Eltern kamen, saß Oma im Wohnzimmer und schüttelte die ganze Zeit den Kopf. Dass ihr dabei nicht schwindlig wurde, ist echt ein Wunder. Und kaum dass Mama und Papa da waren, fingen sie an, sich anzuschreien. Das war eindeutig nicht der richtige Zeitpunkt, um die Sache mit meinem Zimmer anzusprechen. Ich hab mich lieber verkrümelt, aber durch die Tür hat man immer noch eine ganze Menge gehört.

»In eurem Alter!«, rief Oma.

»Das ist ja wohl unsere Sache …« Papas Stimme klang gepresst.

»Ihr seid doch keine zwanzig mehr!«

»Eben! Wir wissen selber, was für uns gut ist!«, kreischte Mama.

»Offensichtlich nicht. Denkt doch mal an Marie!«

Genau! Denkt mal zur Abwechslung an Marie.

»Das tun wir doch die ganze Zeit!«, rief Papa.

Irgendwann ist Oma beleidigt abgerauscht, und ich konnte meinen Platz auf dem Flurboden aufgeben, wo ich Hausaufgaben gemacht hatte. War ganz schön kalt und unbequem. Ich hätte mir ein Kissen holen sollen, aber dann hätte ich womöglich was verpasst.

Und die Sache mit dem Zimmer, die klären wir noch!

7. Januar, Fr.

Beim Frühstück haben Mama und Papa versprochen, dass ich mein Zimmer behalten kann. Für mich alleine. Puh.

10. Januar, Mo.

Sonja ist verliebt! In einen Freund von Flo. In der Pause auf dem Klo hat sie es mir erzählt. Er heißt Benny und ist der Sänger von

Flos Band. Er war gestern bei Flo zu Besuch, und da hat es gefunkt. Jedenfalls bei ihr. Aber ich sollte lieber nicht lästern …

11. Januar, Di.

Heute ist Sonja mit Minirock in die Schule gekommen. Das gab's noch nie! Sonst brezelt sich nur Natascha so auf, aber die ist auch schon fünfzehn und eine echte Zicke. Unser Klassenclown Kevin rief: »Ist heute Fasching?«, aber allen stand der Mund offen, als Sonja auf hohen Absätzen zu ihrem Platz stolzierte, besonders einigen Jungs. Und geschminkt hatte sie sich auch, mit ganz viel Kajal. Aber es sah gut aus. Nur eben so ungewohnt. Ich kam mir neben ihr richtig schluffig vor in meiner Jeans und dem selbst gefärbten Gute-Laune-Shirt. Dabei sind das sonst meine Lieblingsklamotten.

(Na ja, wenigstens friert man darin nicht. Ich hab's genau gesehen: Sonja hatte eine Gänsehaut auf den Beinen. Und das ist ja nun alles andere als sexy.)

12. Januar, Mi.

Als ich heute in die Schule kam, hing Sonjas Nase so dicht über einer Zeitschrift, dass man durch den Ausschnitt ihres Shirts fast bis zum Bauchnabel gucken konnte. Und sie trug wieder ihren Mini, aber heute mit Leggings (wahrscheinlich wegen der Gänsehaut).

Natürlich hatte ich es morgens wieder nicht geschafft, sie abzuholen. Mama hängt zwar nicht mehr über der Kloschüssel, aber dafür braucht sie ewig, um die ganzen Pickel zuzukleistern, die plötzlich in ihrem Gesicht wachsen. Jedenfalls, Sonja hat kaum mitgekriegt, dass ich gekommen bin, so vertieft war sie in ihre Zeitschrift.

Ich warf meinen Rucksack auf den Tisch und schob meinen Kopf neben ihren.

Ganz oben auf der Seite stand in riesigen pinken Buchstaben: *Wie werde ich richtig sexy?* und darunter: *So kriegst du jeden Jungen rum!*

»Was liest du denn da?«, fragte ich.

»Siehst du doch«, murmelte Sonja. Und damit hatte sie ja irgendwie recht.

»Ja, aber warum liest du das?«, verbesserte ich mich.

»Ist doch logisch! Um mir Tipps zu holen, wie ich bei Benny landen kann.«

»Du glaubst, wenn du dich sexy stylst, verliebt er sich in dich?«, fragte ich zweifelnd.

»Na ja, nicht direkt«, gab sie zu. »Aber wenigstens falle ich ihm auf. Sonst denkt er womöglich noch, ich bin nur irgend so ein kleines Mädchen! Und dann … wer weiß?«

Komische Theorie, oder? Aber je mehr ich darüber nachdenke … Flo ist schließlich auch schon sechzehn. Vielleicht sollte ich mich auch sexy anziehen, damit er mich endlich mal beachtet? Aber ich mit so einem Ausschnitt … oder im Mini … nee!

13. Januar, Do.

Ich weiß jetzt, wer der Junge vom Spielplatz ist! Er geht tatsächlich auf unsere Schule. Wusste ich's doch! In der Pause ist er an Sonja und mir vorbeigegangen. Sonja trug heute superkurze Hotpants, und zuerst ist mir aufgefallen, wie er geglotzt hat. Dann erst hab ich gesehen, dass es der Typ vom Spielplatz ist. Ich hab ihn so angestarrt wie er Sonjas Beine anstarrte, und das hat er wohl gemerkt, denn auf einmal sah er mir direkt ins Gesicht.

Meine Wangen fingen an zu glühen, und mein Kopf drehte sich von ganz alleine weg. Wie albern! Ich zwang mich, wieder hinzusehen, und schaffte sogar ein vorsichtiges Lächeln, aber da drehte er sich weg. Hallo? Was sollte das denn? Neulich quatscht er mich an, und heute kennt er mich nicht mal?

Ich bekam einen Stups in die Seite.

»Wo starrst du denn hin?«, grinste Sonja.

»Ach, nirgendwohin«, stotterte ich.

»Jaja«, Sonjas Grinsen wurde noch ein Stückchen breiter. »Verheimlichst du mir was? Oder jemanden?«

»Quatsch«, pfiff ich sie an.

Aber Sonjas Grinsen wurde kein bisschen schmaler, ganz im Gegenteil.

»Bei dir geht's ja zur Sache«, flötete sie. »Erst der Typ vom Spielplatz und jetzt …«

»Das IST der Typ vom Spielplatz«, zischte ich.

»Ach ja?« Sonja musterte ihn gleich noch mal so interessiert. »Und wieso …«

Zum Glück klingelte es in dem Moment, und ich konnte mich mit einem hastigen »Ich-muss-noch-mal-aufs-Klo« verkrümeln. Eine angedichtete Verliebtheit ist wirklich das Letzte, was ich jetzt brauche.

14. Januar, Fr.

In dieser Woche hab ich Sonja dreimal vor der Schule abgeholt (Mamas Übelkeit scheint langsam nachzulassen) und dabei zweimal Flo gesehen, aber außer einem kurzen »Hi« von ihm war wieder nichts drin. Und ich steh jedes Mal da wie ein Idiot und krieg kein Wort raus. So geht das echt nicht weiter.

17. Januar, Mo.

Sonja lässt nicht locker. Ständig löchert sie mich wegen des Spielplatztypen, was denn nun ist mit uns, wieso er mich nicht gegrüßt hat auf dem Schulhof, wann ich ihn wiedersehe und so weiter.

Woher soll ich das denn wissen?

»Mit uns« ist gar nichts, und warum er nicht gegrüßt hat, wüsste ich auch gern. Eingebildeter Affe! Wenn der mir noch mal auf dem Spielplatz begegnet … dem erzähl ich aber was!

Wenn … falls … dabei ist er mir eigentlich total egal. Deshalb nerven Sonjas Sprüche auch so. Sie liegt ja so was von daneben! Lieber wüsste ich, was ich machen muss, um endlich bei Flo zu landen.

19. Januar, Mi.

18:00 Uhr

Heute bin ich wieder zum Spielplatz. Das ganze Babygequatsche hält auf Dauer ja kein Mensch aus. Plopp saß ich wieder auf der

Schaukel und ertappte mich dabei, wie ich nach dem Kapuzenjungen Ausschau hielt. Und tatsächlich dauerte es nicht lange, bis er angeschlurft kam.

»Hi«, sagte er und ließ sich auf die zweite Schaukel fallen.

»Hi«, brummelte ich.

Er schaukelte ein paarmal vor und zurück.

»Ich heiße übrigens Nick«, sagte er dann.

»Marie«, sagte ich.

Dann schaukelten wir beide vor und zurück. Dabei schielte ich immer wieder zu Nick hinüber. Irgendwie freute ich mich plötzlich, dass er da war, aber mit dieser Schulhofsache wollte ich ihn auf keinen Fall davonkommen lassen.

»Ich hab dich neulich gesehen«, sagte ich also.

»Echt?«

»Ja, auf dem Schulhof.«

»Hab dich gar nicht bemerkt.«

Ich hielt die Schaukel mit den Füßen an.

»Du hast doch genau zu mir rübergeguckt.«

»Echt?«

»Ja, echt!«

»Oh, ähm, tja … ich hab dich trotzdem nicht gesehen«, stammelte Nick mit knallroten Wangen.

»Sonjas Beine hast du jedenfalls gesehen«, schnappte ich.

»Wessen Beine?«

»Son-ja!«, rief ich. »Meine Freundin, die neben mir saß.«

»Ach, die Kleine mit dem kurzen Höschen«, sagte er. »Die ist echt heiß!«

Mir fiel die Kinnlade runter.

»Hast du damit etwa ein Problem?«, fragte er.

»Womit?«

Er grinste.

»Dass deine Freundin heiß ist.«

»Das ist doch überhaupt nicht der Punkt!«, rief ich. Ich fühlte mich in die Ecke gedrängt, dabei war ICH doch sauer auf IHN!

»Was ist denn dann der Punkt?«, fragte Nick. »Bist du verklemmt, oder was?«

»Ich bin überhaupt nicht verklemmt!«, kreischte ich.

»Wenn du willst, kann ich ja nächstes Mal deine Beine anstarren«, grinste er. »Dafür muss man sie aber auch sehen können!«

An dem Punkt sprang ich von der Schaukel und stapfte davon. Nicht gerade cool, ich weiß. Aber mir fehlten einfach die Worte bei so viel Frechheit.

19:00 Uhr

So ein Idiot!

20:00 Uhr

Ich bin doch nicht verklemmt!

20. Januar, Do.

Bin ich vielleicht doch verklemmt? Ich habe mal drauf geachtet: Es gucken tatsächlich verdammt viele Jungs auf Sonjas Beine. Nicht alle, aber viele. Man könnte meinen, die haben noch nie zwei Beine gesehen! Und das Verrückte ist: Danach musste ich auch immer hingucken. Verdammt nervig, weil Sonja ja neben mir sitzt. Irgendwann rief Frau Grote in Englisch durch die Klasse: »Ich möchte mal wissen, was Marie da Spannendes unter ihrem Tisch hat!«

Peinlich! Danach habe ich nicht mehr hingeguckt.

Dafür ist es mir wieder passiert: Ich habe gezeichnet. Klingt ganz harmlos? Ist es aber nicht. Wenn mir etwas peinlich ist oder ich wütend bin, sollten besser weder Papier noch Stift in der Nähe sein. Sonst gucke ich plötzlich nach unten und sehe ein Bild. Ohne dass ich weiß, wie ich das gezeichnet habe. Verrückt, oder?

Das ist die Zeichnung von heute:

Nachdem ich das gesehen hatte, hab ich vorsichtig zu Sonja rübergeschielt, aber sie hat unter ihrem Tisch in einer Zeitschrift geblättert und wohl nichts mitgekriegt. Also hab ich schnell das Englischbuch über mein Heft mit der Zeichnung geschoben. Zu dumm nur, dass sie direkt neben meiner Englischhausaufgabe ist. Jetzt muss ich die Seite rausreißen und alles noch mal abschreiben.

21. Januar, Fr.

Mama war shoppen. Sie kam mit riesigen Tüten nach Hause und strahlte über das ganze Gesicht.

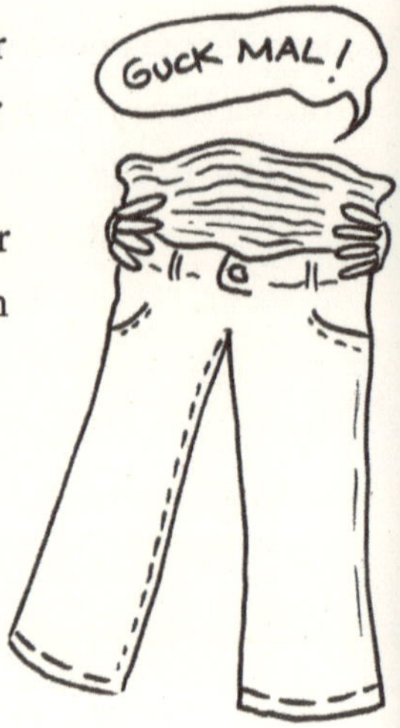

»Guck mal, Marie, es gibt sogar Jeans für Schwangere! Toll, was? Keine ollen Sackkleider mehr!«

Sie holte etwas aus der Tüte, das hoch bis zur Hüfte aussah wie eine Jeans und darüber wie ein superbreites Gummiband.

»Ja, ganz toll«, murmelte ich und verkrümelte mich schnell.

Wenigstens gibt es keine Miniröcke für Schwangere. Da wäre der Rock dann schmaler als das Gummiband.

23. Januar, So.

Heute war Oma zu Besuch da. Zum Sonntagskaffee (würg!). Das Thema Schwangerschaft wurde nicht erwähnt, aber Oma guckte immer wieder vielsagend auf Mamas Bauch. Der ist schon ein kleines bisschen rund – sie sieht die ganze Zeit so aus, als hätte sie sich überfressen. Na ja, jedenfalls waren alle so dermaßen unlocker, das ging gar nicht. Papa redete eine halbe Stunde lang über das Wetter, Mama lachte total künstlich, und Oma sah aus, als hätte sie in eine Zitrone gebissen.

Und dann fingen Mama und Papa in der Küche auch noch an zu streiten.

Papa zischte: »Meine Idee war das nicht.«

Und Mama fauchte: »Aber sie ist deine Mutter!«

Oma und ich saßen an der Kaffeetafel und hörten jedes Wort. Oma starrte aus dem Fenster, aber ich könnte schwören, da war so ein leichtes Grinsen in ihren Mundwinkeln. Und als Mama und Papa wieder reinkamen, sagte sie: »Wo wollt ihr eigentlich mit dem Kleinen hin?«

Mama schnappte: »Wieso denn immer DER Kleine?«

Oma: »Ach, wird es ein Mädchen?«

Papa: »Wir wissen es noch nicht!« Er starrte Oma an, als würde er ihr gleich an die Gurgel springen.

Den restlichen Kaffee haben sie schweigend runtergespült, und Oma ist dann auch ziemlich schnell gegangen. Als sie weg war, sagte Mama: »Irgendwo hat sie recht, weißt du?« Jetzt sah Papa aus, als würde er IHR gleich an die Gurgel springen.

»Nein, im Ernst«, sagte Mama. »Wir müssen uns überlegen, wo das Baby wohnen soll.«

Sollen sie mal schön überlegen. Hauptsache, nicht in meinem Zimmer! Aber das haben sie ja schon versprochen.

24. Januar, Mo.

Heute beim Frühstück fing Papa doch tatsächlich damit an. Mama hat ihn vorgeschickt, ganz klar.

»Marie, könntest du dir nicht eventuell doch vorstellen, dass das Baby …«

»NEIN!«, brüllte ich.

Danach haben sie es nicht mehr versucht.

25. Januar, Di.

Ausgerechnet jetzt haben wir Sexualkunde in Bio. FFF – Ficken für Fortgeschrittene, nennt unser Klassenkasper Kevin das. Darüber konnten aber nur ein paar Jungs lachen. Jedenfalls, ich sitze so da und ziehe gerade mein Kondom über die Banane, da höre ich wieder Omas Stimme: »Da kann man doch was gegen tun!« Und schon sehe ich Mama und Papa vor mir, wie sie … das ist so widerlich, dass ich es nicht aufschreiben kann.

26. Januar, Mi.

Bin ich vielleicht doch verklemmt?

27. Januar, Do.

Nick meint natürlich: Ja. Nicht, dass ich ihn gefragt hätte. Ich hing mal wieder auf dem Spielplatz rum, und es dauerte keine fünf Minuten, da tauchte er auf.

»Woher weißt du eigentlich immer, dass ich hier bin?«, fragte ich.

»Glaubst du etwa, ich komme deinetwegen?«, fragte er zurück und grinste mich breit an.

»Na ja, ähm, tja …«, stammelte ich. Wie schafft er es nur, mich immer wieder zum Stottern zu bringen?

»Aber … du tauchst doch wirklich immer auf, wenn ich hier bin!«, sagte ich schließlich. »Und jetzt behaupte bloß nicht, das ist Zufall.«

»Nee, stimmt schon«, gab Nick immer noch grinsend zu. »Mein Zimmer ist gleich da oben.« Er zeigte auf das Hochhaus neben dem Spielplatz.

»Und da guckst du den ganzen Tag aus dem Fenster, oder was?«

Plötzlich wurde er ernst. »So ähnlich. Früher hab ich viel mit meinem Kumpel Jan gemacht, aber der ist mit seinen Eltern nach Spanien gezogen. Sein Vater hat da einen Job gekriegt. Also liegt er jetzt am Strand, und ich glotze hier aus dem Fenster.«

»Wart ihr so richtig beste Freunde?«, fragte ich. Ich kann mir nämlich überhaupt nicht vorstellen, wie es wäre, wenn Sonja wegziehen würde.

»Irgendwie schon. Kommt drauf an, was du darunter verstehst.« Er starrte in den Sand vor der Schaukel.

»Na ja, meine Freundin Sonja und ich zum Beispiel, wir kennen uns seit der ersten Klasse.«

»Ist das die scharfe Kleine vom Schulhof?«, grinste Nick, aber dieses Mal ließ ich mich nicht ärgern.

»Genau«, sagte ich. »Wir reden über alles, na ja, fast alles, und haben uns noch nie gestritten.« Das Einzige, wobei wir uns nicht einig sind, sind unsere Haustiere. Sonja findet Meerschweinchen kindisch, dafür hat sie einen Kater namens Churchill, den ich nicht ausstehen kann.

Er drehte sich zu mir um. »Dafür, dass du so eine tolle beste Freundin hast, hockst du in letzter Zeit aber ganz schön oft alleine hier rum.«

»Tja«, murmelte ich. »Meine Eltern drehen gerade ziemlich am Rad.«

Nick fummelte eine Kaugummipackung aus der Tasche. »Das tun Eltern doch immer.« Dann hielt er mir die Packung hin. »Auch eins?«

Ich schüttelte den Kopf. »Nur ist es bei mir gerade besonders schlimm. Meine Mutter ist nämlich schwanger.«

»Echt?« Er fummelte das Kaugummi aus dem Silberpapier.

»Ja. Und manchmal muss ich dann einfach raus.«

»Kann ich verstehen.« Er steckte das Kaugummi in den Mund und fing an zu kauen.

»Na ja«, nuschelte er, »wenigstens heißt das, sie haben noch Sex.«

Ich starrte ihn an. »Und das findest du gut?«

»Klar«, sagte Nick. »Ich hab meine Eltern immer beim Sex gehört. Als das aufgehört hat, dauerte es kein halbes Jahr, und mein Vater hat die Fliege gemacht.«

Er stieß sich vom Boden ab und schaukelte ein paarmal vor und zurück.

»Aber … findest du das nicht ein bisschen widerlich?«, fragte ich. »Wenn man seinen Eltern beim Sex zuhört?«

»Nö«, sagte Nick. »Es sei denn …« Er grinste schon wieder so, dass ich wusste, jetzt kommt was. Und ich hatte recht.

»Es sei denn, man ist verklemmt«, sagte Nick.

28. Januar, Fr.

Eigentlich ist es ja traurig, dass Nicks Vater abgehauen ist. Aber er macht es einem wirklich verdammt schwer, Mitleid mit ihm zu haben.

Und ich bin nicht verklemmt!

1. Februar, Di.

Heute nach Bio hielt mir Sonja kichernd den nackten Mann aus dem Lehrbuch vor die Nase und flüsterte mir ins Ohr: »Hast du so was schon mal in echt gesehen?«

»Klar«, flüsterte ich zurück.

»So richtig mit allem?«, fragte Sonja.

»Na klar«, sagte ich. Und weil sie mich so komisch ansah, fügte ich schnell hinzu: »Aber nicht bei einem Jungen, logisch.«

»Bei wem denn dann?«

Was für eine blöde Frage! Jedes Kind sieht doch seine Eltern mal nackt, solange es noch klein ist. Dachte ich bisher jedenfalls. Aber unglaublich: Sonja hat ihre Eltern noch nie nackt gesehen. Nicht mal ihre Mutter!

Ich hab sie angestarrt wie ein Auto.

»Wie sieht das denn aus, so in echt?«, flüsterte sie.

Ich merkte, wie meine Wangen heiß wurden.

»Wie das aussieht? Wie … na ja … wie auf dem Foto eben«, stotterte ich.

»Oh Mann, du bist echt keine große Hilfe«, stöhnte Sonja.

»Warum willst du das denn unbedingt sehen?«, fragte ich.

»Na ja, stell dir mal vor, du bist mit einem Jungen zusammen«, sagte sie. Fiel mir nicht schwer. Aber was dann kam, war echt der Hammer.

»Wenn ihr euch dann auszieht, beim Petting oder so, und du hast noch nie einen echten Pimmel gesehen – das ist doch voll peinlich!«, sagte Sonja.

Ich starrte sie an. »Du willst doch nicht etwa mit Benny …«

»Nein, nein!«, rief sie. »Ich meinte nur so allgemein.«

Aber ganz geglaubt habe ich ihr das nicht.

2. Februar, Mi.

Wir haben es getan: Sonja und ich waren Pimmel angucken.

Oh Mann, wie sich das anhört!

Dabei war es gar nichts Versautes. Wir sind bloß in die Sauna gegangen, im großen Schwimmbad. Das machen Freunde von Sonjas Eltern auch immer. (Ihre Eltern natürlich nicht.)

Ich kam mir vor, als würde ich etwas Verbotenes tun, als ich an der Kasse »Einmal mit Sauna« sagte, aber die Kassiererin hat mir völlig cool ein grünes Armband rübergeschoben und einen irre hohen Preis genannt. Sauna muss was richtig Tolles sein. Die anderen gehen ja nicht zum Pimmel-Gucken dahin (glaube ich wenigstens).

Als Sonja die Tür zum Sauna-Bereich aufmachte, klopfte mein Herz vor Aufregung wie sonst nur bei Flo. Wir waren beide in große Handtücher gewickelt, und plötzlich standen wir in einem Raum mit lauter Nackten. Dabei war das erst der Vorraum, von dem die Türen zu den Saunen abgingen. Ich wusste überhaupt nicht, wo ich hinsehen sollte. Zum Glück war Sonja cooler als ich und zog mich zu einer Bank in der Ecke.

»Müssen wir uns nicht auch ausziehen?«, flüsterte ich.

»Du zuerst«, raunte sie.

Ich packte einen Zipfel meines Handtuchs, das sowieso am Verrutschen war – und traute mich plötzlich nicht mehr. Wie mein Busen aussieht, habe ich ja schon geschrieben, und der Rest ist auch nicht besser: Mein Bauch ist kugelig, und meine Beine sind zwar lang, aber dafür birnenförmig. Bei der Vorstellung, dass das alle sehen sollten, wurde mir abwechselnd heiß und kalt.

»Ich trau mich nicht«, flüsterte ich.

»Ich mich auch nicht«, zischte Sonja. Dabei hat sie nun echt keinen Grund, sich zu schämen. Bei ihren Brüsten! Und ihre Beine und ihr Bauch sind schlank und straff. Umso schlimmer, wenn dann jemand wie ich danebensitzt.

Aber ein bisschen absurd war das schon, wie wir uns zwischen den ganzen Nackten an unsere Handtücher klammerten. Dabei waren die Nackten auch nicht perfekt. Im Gegenteil: Es gab ziemlich viele dicke Bäuche und Hängebusen (bei Frauen und Männern).

Plötzlich fing Sonja neben mir an zu kichern. Ich presste die Hand auf den Mund, um nicht mitzulachen, aber sie kicherte immer lauter, und das war verdammt ansteckend.

Da stand plötzlich ein Nackter vor uns.

»Was ist denn hier so lustig?«, fragte er verkniffen.

Sonja und ich sahen uns an.

»Äh – nichts«, stammelte ich, und Sonja bekam einen neuen Lachkrampf.

»Wollt ihr euch gar nicht ausziehen?«, fragte der Mann. »Ich kann euch gerne erklären, wie das hier funktioniert.«

Was ja eigentlich ganz nett war. Aber an der Stelle sind wir abgehauen.

3. Februar, Do.

Heute konnte ich keinen Jungen angucken, ohne daran zu denken, dass bei ihm da unten so ein Ding baumelt. Zum Glück hat mich keiner dabei erwischt, wie ich einem Jungen auf die Hose starre.

Aber es kam noch schlimmer: In Bio habe ich einen Pimmel

gezeichnet. Mit Gesicht! Und ich hab's erst gemerkt, als Sonja mich grinsend in die Seite gestoßen hat.

Doch das war immer noch nicht das Schlimmste: Frau Grünberg hat es nämlich auch gemerkt. Plötzlich stand sie vor unserem Tisch und schnappte sich mein Heft. Bevor ich es verstecken oder aus dem Fenster werfen oder die Seite rausreißen und aufessen konnte. Und dann hat sie sich die Zeichnung angeguckt. Eine Ewigkeit lang! Auf meinem Kopf hätte man Würstchen grillen können, so habe ich geglüht.

»Wenigstens passt es zum Unterrichtsthema«, sagte Frau Grünberg schließlich, und dann hielt sie das Heft hoch, sodass alle meine Zeichnung sehen konnten. Die haben vielleicht gegrölt! Besonders die Jungs, natürlich. Und nach der Stunde brüllte Kevin: »Der sah aber gar nicht echt aus! Soll ich dir mal meinen zeigen?«

»Nee, danke«, hab ich gemurmelt und mich verkrümelt.

PEINLICH!!!

4. Februar, Fr.

Mama und Papa haben Zeitungen gewälzt, »um den Wohnungsmarkt abzuchecken«, wie Papa sagt. Und sie haben festgestellt: Alle Wohnungen, die infrage kämen, sind viel zu teuer. Tja, das hätten sie sich mal vorher überlegen sollen.

Jetzt hatte Mama die tolle Idee, dass wir uns alle nur ein bisschen einzuschränken brauchen, dann sparen wir so viel Geld, dass das mit der Wohnung doch klappt. Und jeder soll mal aufschreiben, worauf er am leichtesten verzichten kann.

Ich weiß schon, was auf meiner Liste ganz oben steht: meine Eltern.

6. Februar, So.

Heute war Listenvergleich.

Mama hat geschrieben: »Nur noch ein Mal in der Woche Fleisch essen«. Und: »Keinen Weichspüler mehr benutzen«.

Papa hat geschrieben: »Sportklamotten erst nach zwei Mal Tragen waschen«.

Super Vorschläge! Da sparen wir glatt sieben Euro zweiunddreißig im Monat. Oder so ähnlich. Dafür kriegen wir bestimmt ein Luxusappartement.

Ich hab geschrieben: »Das Baby an Leute verleihen, die sich unbedingt eines wünschen, und dafür Geld kassieren«.

Als Mama das gelesen hat, ist sie heulend rausgerannt, und Papa hat mich wütend angestarrt und ist dann hinter ihr her.

Ich finde die Idee immer noch klasse. Besser als hungern, stinken und sich mit harten Handtüchern die Haut kaputt rubbeln.

7. Februar, Mo.

Ha! Ich habe ein Date mit Flo!! Wir sind nämlich Seelenverwandte – von wegen ich muss mich sexy aufbrezeln! Heute Morgen, als ich Sonja vor der Schule abholte (ich war endlich mal wieder Erste im Bad), war er auch da. Und nicht nur das: Er kam auf mich zu und sah mir tief in die Augen – wie in meinem Traum! Ich hatte Angst, dass meine Knie unter mir wegknicken. Dann beugte er sich zu mir runter, aber anstatt mich zu küssen, flüsterte er mir ins Ohr: »Kannst du morgen vor der Schule eine halbe Stunde eher herkommen?« Ich kriege immer noch eine Gänsehaut, wenn ich an seinen warmen Atem an meinem Ohrläppchen denke.

Okay, es ist kein romantisches Date, aber es ist ein Date.

Wir haben ein Date!

Und zwar ganz ohne sexy Outfit.

Von wegen verklemmt!

Pah!

8. Februar, Di.

Als heute früh um fünf der Wecker klingelte, hätte ich mich fast wieder umgedreht, aber dann fiel es mir ein: Heute ist mein Date mit Flo! Sofort saß ich senkrecht im Bett, und in meinem Bauch tanzten tausend Schmetterlinge. Ich bin ganz schnell ins Bad geflitzt (vor Mama, ha!) und hab mich fertig gemacht. Am Schluss hab ich sogar ein bisschen von Mamas Lippenstift benutzt. Mehr schminken hab ich mich nicht getraut – ich wollte ja nicht aussehen wie ein Clown. Vom Schminken hab ich nämlich keine Ahnung. Aber der Lippenstift, der hatte was, fand ich.

Beim Frühstück hab ich nur kurz von meinem Toast abgebissen und ein paar Schluck Wasser getrunken und bin gleich wieder aufgesprungen, weil ich solche Angst hatte, zu spät zu kommen. Bin ich aber nicht: Ich musste sogar noch zweimal Flos Straße auf und ab laufen, um nicht viel zu früh zu sein, und pünktlich um Viertel nach sieben klingelte ich an seiner Tür. Aber wer aufmachte, war nicht Flo, sondern seine Mutter. Im rosa Bademantel.

»Sonja ist noch im Bad«, gähnte sie.

»Ich will zu Flo«, sagte ich und konnte mir ein Grinsen nicht verkneifen. »Wir sind verabredet.« Wie oft hatte ich davon geträumt, diesen Satz einmal sagen zu können!

Sie sah mich komisch an, aber sie winkte mich durch in die Küche.

»Das dauert aber noch«, murmelte sie und verschwand. Nach fünfundzwanzig Minuten kam Flo dann endlich, und mir blieb fast das Herz stehen, so süß sah er aus mit seinen verwuschelten Haaren. Er setzte sich auf den Stuhl mir gegenüber und schmierte sich ein Nutellabrot. Dann stutzte er.

»Ist was mit deinem Mund?«

»Nee, wieso?«

»Der sieht irgendwie so rot aus. Herpes ist das nicht, oder?«

»Nein!«, rief ich und hielt mir schnell die Hand vor den Mund. Meine Wangen glühten. Wieso glaubte er, ich hätte Herpes?!

»Ich muss mal aufs Klo«, murmelte ich und flitzte aus der Küche.

Im Badspiegel sahen meine Mundwinkel wirklich total rot aus. Ich rubbelte vorsichtig daran herum, und das Rot verschwand. Aber woher … oh nein! Das war der Rest von Mamas Lippenstift! In der Mitte war wahrscheinlich alles abgegangen, als ich vorhin gefrühstückt hatte. Ob ich es Flo erklären sollte? Aber das war ja noch peinlicher. So nach dem Motto: Flo, ich bin zu doof zum Schminken. Warum passiert so was immer mir? Am liebsten wäre ich gar nicht wieder rausgegangen. Andererseits: Wenn ich

jetzt zurückging, sah Flo wenigstens, dass ich keinen Herpes hatte. Also los!

Als ich wieder in die Küche kam, stopfte er gerade den Rest seines Nutellabrotes in den Mund.

»Da bist du ja endlich«, nuschelte er. »Also, zur Sache: Ich brauche deine Hilfe.«

»Na klar!«, rief ich und versuchte, so hilfsbereit wie möglich auszusehen.

Flo schlürfte Kakao. »Es geht um Sonja. Ich finde das voll daneben, wie die jetzt immer rumläuft. Total nuttig! Die anderen reißen schon Sprüche über sie.«

Erst war ich enttäuscht. Aber dann kam's heraus: Flo will, dass ich mit Sonja rede. Weil ich doch viel vernünftiger bin als sie. (Zum Glück weiß er nichts von unserer Pimmel-Späh-Aktion!)

Okay, es war kein richtiges Date.

Aber: Flo verlässt sich auf mich.

Und: Er steht so was von überhaupt nicht auf den ganzen sexy Kram!

Er ist eben ein tiefer Charakter.

Ich werde ihn bestimmt nicht enttäuschen!

Und wenn er mir erst mal so richtig dankbar ist … wer weiß …

(Und Lippenstift benutze ich nienienienie wieder!)

9. Februar, Mi.

Ich grüble die ganze Zeit, wie ich die *Mission Sonja* starten soll. Ich fühle mich fast ein bisschen wie Bond, Marie Bond. Aber mir fällt einfach nichts Gutes ein. Ich kann Sonja ihre Klamotten ja schlecht klauen! Und selbst wenn – dann kauft sie sich einfach was Neues.

Ich komm wohl nicht drum rum, mit ihr zu reden.

Aber wie fange ich das am besten an?

»Du, Sonja, ich hab gelesen, kurze Röcke sind jetzt out und lange Mäntel total in«? Funktioniert nicht. Sonja ist immer perfekt informiert.

»Benny hat mir gesagt, er steht überhaupt nicht auf sexy Outfits«? – Ist erstens eine Lüge, und zweitens glaubt sie mir das eh nicht.

Oje!

10. Februar, Do.

Heute hab ich es getan.

Ich hab mich entschieden für: »Du, Sonja, ich muss mal mit dir reden.«

Nicht besonders fantasievoll, ich weiß. Aber was soll's.

»Schieß los«, sagte sie. Es hätte geholfen, wenn sie dabei die Nase aus der Zeitschrift genommen hätte. Ich holte tief Luft und sagte:

»Es ist wegen deiner sexy Klamotten.«

Jetzt sah sie mich doch an. Mit hochgezogenen Augenbrauen.

»Was ist damit?«

»Flo findet das nicht so gut …«

Als ich es laut aussprach, kam ich mir plötzlich ziemlich blöd vor. Und Sonja ging auch prompt in die Luft.

»Der soll hier mal nicht auf Macho machen!«, keifte sie. Dann kniff sie die Augen zusammen. »Und er hat dich vorgeschickt oder was?«

»Ähm … so ähnlich…«, stotterte ich.

»Oh Mann! Hat er nicht mal den Mut, mir das selber zu sagen? Jetzt hör mal gut zu: Ich ziehe an, was ich will!«, rief Sonja. Ein paar Leute aus der Klasse sahen neugierig zu uns rüber. Etwas leiser fügte sie hinzu: »Das kannst du Flo gerne ausrichten.«

So viel dazu. Gut gemacht, Bond.

11. Februar, Fr.

7:35 Uhr

Gestern Abend ging in meinem Traum alles schief. Kein Wunder eigentlich, nach DEM Tag. Erst war noch alles wie immer, Flo spielte Saxofon und sah unglaublich süß aus, aber dann stand plötzlich Sonja neben mir und schrie immer wieder: »Macho! Macho!« Ich versuchte, ihr den Mund zuzuhalten, damit Flo sie nicht hörte, aber das brachte überhaupt nichts. Und dann fing sie auch noch an zu lachen. Sie kicherte immer schriller, und ich drückte immer fester, bis ich schließlich schweißgebadet aufwachte. Ich war eingeschlafen und hatte statt Sonja meinem alten Stoffhund Schnuffel die Schnauze zugedrückt. Aber das schrille Geräusch war immer noch da.

Es war mein Wecker.

14:00 Uhr

Sonja hat heute kaum mit mir geredet, deshalb habe ich die Mission erst mal auf Eis gelegt. Sonst verliere ich am Ende noch meine beste Freundin.

Aber wie bringe ich das Flo bei?

OhGottohGottohGott!

Ich kann doch nicht einfach zu ihm hingehen und sagen: »Ich mach's nicht«. Oder noch schlimmer: »Ich kann's nicht!«

Jetzt, wo er mich endlich mal beachtet hat. Wo er mich sogar um Hilfe gebeten hat!

Was mach ich nur?

12. Februar, Sa.

Vielleicht reicht es ja, wenn Flo mich in den Pausen mit Sonja zusammen sieht. Dann merkt er doch, dass ich auf sie aufpasse. Obwohl ich natürlich kaum verhindern kann, dass sie mit Benny flirtet. Aber Benny ist ja schließlich Flos Freund, das ist bestimmt in Ordnung. Außerdem hat er bis jetzt noch kein einziges Mal auf ihre Flirtversuche reagiert.

13. Februar, So.

Meine Eltern überlegen jetzt, ob wir nicht doch in unserer Wohnung bleiben können. Wenn man zum Beispiel den Esstisch ins Schlafzimmer (passt aber nicht) … oder Papas Schreibtisch in mein

Zimmer (böse Blicke meinerseits) … oder das Baby in den Keller (böse Blicke von Mama und Papa) … oder die Couch in den Flur … an der Stelle bin ich gegangen.

14. Februar, Mo.

Valentinstag

Ich habe ewig gegrübelt, ob ich Flo eine Karte schicken soll. Aber die in dem Zeitschriftenladen um die Ecke waren alle furchtbar kitschig. Außerdem: Soll ich die etwa mit meinem richtigen Namen unterschreiben? Ich meine, jetzt, wo wir ein Date hatten, könnte ich ja rein theoretisch … NEIN! Mir wird schon schlecht, wenn ich nur daran denke.

Aber wenn ich stattdessen mit M.B. unterschreibe, dann kommt er vielleicht auch darauf, dass die von mir ist. Und wenn er nicht daraufkommt oder ich überhaupt nicht unterschreibe, dann bringt es ja nichts. Also habe ich es gelassen.

15. Februar, Di.

Heute hat Sonja wieder versucht, Benny anzumachen. Sie ist auf dem Schulhof mindestens dreimal an der Jungsgruppe vorbeistolziert, die immer bei den Mülltonnen in der Ecke abhängt. Benny ist dabei, ein paar andere Jungs aus der Schulband und – natürlich – Flo. Sonja hat ihre Jacke extra weit aufgerissen, damit man ihren Ausschnitt sieht, und hat wie wild die Haare hin- und hergeschmissen. Ich bin hinter ihr hergetrottet und hab Gedankenübertragung geübt: »Flo, ich laufe ja hinter ihr her, um aufzupassen, du kannst dich auf mich verlassen.«

Aber wir hätten uns beide gar nicht so zu bemühen brauchen: Weder Benny noch Flo haben rübergeguckt.

18. Februar, Fr.

Bilanz dieser Woche: Zweimal Flo vor der Schule gesehen, jeden Tag in zwei Pausen an den Jungs vorbeigelatscht. Alles ohne Ergebnis. Aber wenigstens hat Flo nicht nachgefragt, warum Sonja immer noch so sexy rumläuft.

19. Februar, Sa.

10:30 Uhr

Heute hat mich Mama um halb zehn aus dem Bett geschmissen. An einem Samstag!

Und warum? Weil wir um elf eine Wohnung ansehen wollen. Wollen! Dass ich nicht lache! Freiwillig würde ich mir niemals um diese Zeit eine Wohnung ansehen.

Und ob ich umziehen will, hat mich auch noch keiner gefragt. Typisch.

Außerdem dachte ich, die Wohnungen sind eh alle zu teuer?

Sie klopft schon wieder an meine Tür. Muss Schluss machen.

22:00 Uhr

Wir haben uns nur Wohnungen angesehen, die wir uns theoretisch gerade eben noch leisten können. Und die groß genug sind, also 4 ZKB (das heißt vier Zimmer plus Küche plus Bad. Die Wohnungsanzeigen werden nach Zeichen berechnet, und manchmal muss man ganz schön raten, was gemeint ist).

Die erste 4 ZKB-Wohnung hatte einen Herd und ein Bad »von vorm Krieg« (O-Ton Papa).

Die Tapete sah aus, als wäre sie genauso alt, und im Schlafzimmer hing noch eine Kordel an der Wand über dem verblichenen Bettabdruck. »Da hat die Oma immer das Licht angemacht, bevor ihr eigenes ausgegangen ist«, raunte meine Mutter. Ich hab gar nicht gewusst, dass sie so böse sein kann. Ob das die Hormone sind?

Die zweite 4 ZKB lag unter dem Dach. Die Hälfte der Wände war schräg, und die Decke war so niedrig, »da darfst du keinen über 1,80 einladen« (wieder O-Ton Papa).

»Das musst du für Sonja fotografieren«, sagte ich zu Mama. Sie hatte ihre Digitalkamera mitgenommen, um Fotos von den Wohnungen zu machen, und ich dachte, vielleicht kann ich mit ein paar witzigen Wohnungsstorys Sonjas Laune aufhellen. Dumm, dass ich nicht schon bei der ersten Wohnung mit der Kordel dran gedacht hatte! Aber in dem Moment kam wie der Blitz der Makler angeschossen und hat uns doch glatt das Fotografieren verboten.

»Alles illegal eingebaut«, raunte Mama.

Im Raunen war sie heute echt gut. Aber komisch ist das schon. Wenn man da wohnt, darf man dann auch keine Fotos machen? Auf Geburtstagspartys zum Beispiel? Das hätte ich gerne den Makler gefragt, aber meine Eltern hielten es für keine gute Idee. Spaßbremsen!

Den Vogel abgeschossen hat aber trotz allem die dritte Wohnung. Die Besichtigung war zwar nachmittags, aber als wir dort ankamen, waren alle Außenjalousien runtergelassen, und es war stockdunkel in der Wohnung. Die Maklerin drückt auf den Lichtschalter, ruft total künstlich: »Ups!«, und dann kommt raus: Es gibt kein Licht. Und die Jalousien gehen ohne Strom angeblich auch nicht hoch. Hallo?! Wie soll man denn da die Wohnung angucken? Es waren noch mehr Leute da, und einer zog sein Feuerzeug raus, aber das brachte gar nichts. Also ist Papa zum Auto geflitzt und kam mit unserer superbreiten Halogentaschenlampe zurück, und dann war auch klar, warum das Licht nicht funktionierte. Ich sage nur: kackbraune Badewanne und auf dem Boden Kacheln in moosgrün. Nicht nur im Bad, in der ganzen Wohnung! Und die Maklerin erzählt noch was von »Ein bisschen Eigenarbeit, dann wird das ganz gemütlich.« Super.

Als wir endlich wieder zu Hause waren, schmiss Papa Spaghetti in den Topf, und wir ließen uns völlig k. o. auf die Küchenstühle plumpsen.

»Und das war alles?«, fragte ich.

Mama sah mich an. »Vielleicht hast du einfach zu hohe Ansprüche, junge Dame.«

Das konnte sie doch wohl nicht ernst meinen!

Da schlug sie plötzlich die Hände vors Gesicht und fing an zu heulen. Oh Mann! Ich wusste gar nicht, wo ich hinsehen sollte, und Papa guckte auch ganz betreten. Jedenfalls so lange, bis Mama die Hände vom Gesicht nahm. Sie hatte Tränen in den Augen, aber nur, weil sie so dermaßen lachte, dass sie fast keine Luft mehr bekam.

»Welches Luxusappartement hättet ihr denn lieber?«, japste sie. »Das Dekor Mooreiche oder die niedrige Komfortdecke?«

Da musste ich auch kichern, und Papa sagte: »Keine Fotos! No pictures, please!« und hielt sich die Hand vors Gesicht. Zu dritt prusteten wir los, dass die Wände wackelten. Erst als die Eieruhr klingelte, weil die Spagetti fertig waren, beruhigten wir uns wieder. Keine Tomatenstücke in der Soße dieses Mal. Ha!

21. Februar, Mo.

Es wird ein Junge.

Mama und Papa sind total aus dem Häuschen, und selbst Oma war begeistert, als sie das gehört hat.

»Ein Stammhalter!«, rief sie ganz entzückt durchs Telefon, das Mama auf laut gestellt hatte. Keine Rede mehr von »Da hätte man was gegen machen können«.

Hallo? Hat schon mal jemand darüber nachgedacht, dass ich ein Mädchen bin? Und wie ich mich fühle, wenn alle plötzlich einen Jungen so toll finden?

»Ist das denn auch sicher?«, fragte Oma.

»Ja, man hat das Zipfelchen genau gesehen!«, rief Papa.

Zipfelchen!

Jedenfalls: Ich hätte lieber eine Schwester gehabt.

23. Februar, Mi.

»So geht's nicht weiter«, hat Sonja heute nach der Pause verkündet, weil die ganze Haareschmeißerei immer noch nichts gebracht hat. »Es muss was passieren!«

Da bin ich ja mal gespannt.

24. Februar, Do.

Es IST etwas passiert: Sonja hat sich die Haare gefärbt. Und wie sie sie gefärbt hat!

Ich bin nach der Schule mit zu ihr gegangen, und kaum waren wir drinnen, hat sie diese Packung aus dem Rucksack gezogen. *Power Cherry x-tra strong.*

»Rote Haare sind supersexy«, meinte sie und zwinkerte mir zu.

Wir haben also ein paar alte Handtücher aus dem Keller geholt und losgelegt. Während die Farbe einwirkte, sind wir in ihr Zimmer gegangen und haben ein bisschen im Internet gesurft. Und die Zeit vergessen.

»Scheiße!«, schrie Sonja plötzlich und rannte ins Badezimmer. Ich hinterher, aber sie hatte abgeschlossen, und ich trommelte mit den Fäusten gegen die Tür.

»Sonja! Nun mach schon auf!«

»Nein!«

»Warum denn nicht? Sieht es so schlimm aus?«

Statt einer Antwort hörte ich Wasser rauschen. Also ließ ich das mit dem Trommeln sein und setzte mich auf die Stufe vor der Tür. Das konnte dauern.

Mit meinen Sockenzehen zog ich Kreise in den hellen, flauschigen Teppich. Gut, dass Sonjas Mutter heute nicht zu Hause war! Der Gedanke, dass etwas von der roten Stinkepampe auf ihren Teppich kommen könnte … oder in ihr Waschbecken … Dabei stand auf der Packung, es wäre leicht wieder abzuwischen. Hoffentlich stimmte das.

In dem Moment klackte es leise hinter meinem Rücken. Sonja hatte die Tür aufgeschlossen. Sie saß auf der Kloschüssel, das Handtuch wieder um die Haare gewickelt und den Kopf in die Hände gestützt.

»Und?«

Sie hob den Kopf. Ihr Make-up war total verlaufen.

»Frag nicht«, schniefte sie.

»Ach, Sonja.« Ich quetschte mich neben sie auf den Klodeckel und legte den Arm um ihre Schultern. »So schlimm?«

»Schlimmer.«

»Jetzt zeig doch mal.« Ich griff nach dem Handtuch, doch Sonja riss die Arme hoch.

»Nicht!«

»Morgen sehen es die anderen doch auch.«

»Erinnere mich bloß nicht daran …« Sie wurde blass. »Benny! Benny darf mich so nicht sehen!«

»Zeig doch mal«, beharrte ich. »Vielleicht ist es ja gar nicht so schlimm.«

Dieses Mal ließ sie mich das Handtuch abwickeln, und was darunter zum Vorschein kam, war die totale Katastrophe. Ihre Haare waren nicht mehr dunkelblond wie vorher. Sie hatten auch nicht das schimmernde Dunkelrot, das vorne auf der Packung abgebildet war. Sie waren pink.

»Oh«, sagte ich.

»Ja, oh«, zischte Sonja. »Hab ich doch gesagt!«

»Aber wir haben doch alles richtig gemacht ...«

Ich griff nach der Pappschachtel.

»Bis auf die Kleinigkeit, dass die Farbe eine halbe Stunde drauf war statt einer Viertelstunde«, ätzte Sonja.

»Stimmt ... außerdem steht hier, dass das nur für braunes und schwarzes Haar geeignet ist. Hast du das überlesen?«

»Ich dachte, wenn man es nicht so lange drauflässt ...« Wir sahen uns an.

»Aber man kann es doch auswaschen«, sagte ich. »Oder nicht?«

»Was glaubst du, was ich die ganze Zeit versucht habe?«

Sonja zeigte auf die Badewanne, wo gerade der letzte Rest rosa gefärbtes Wasser gurgelnd im Abfluss verschwand.

»Aber das Wasser ist noch rosa. Da ist noch nicht alles raus!«, rief ich. »Komm, wir versuchen es noch mal!«

Die nächste halbe Stunde knetete, schäumte und wrang ich in ihren Haaren herum, bis die Muskeln in meinen Armen zitterten und das Spülwasser ganz klar war. Aber Sonjas Haare blieben pink. Neonpink.

Wir gaben auf, und Sonja schlich mit hängendem Kopf in ihr Zimmer. Bin ich froh, dass ich heute Abend nicht dabei bin, wenn ihre Mutter nach Hause kommt!

25. Februar, Fr.

Heute Morgen stand um unseren Tisch in der Schule eine dicke Traube aus Mädchen. Das heißt, natürlich nicht um unseren Tisch, der sah ja aus wie immer. Sondern um Sonja mit ihren pinken Haaren.

»Darf ich mal anfassen?«

»Ich find das voll mutig von dir!«

»Und was hat deine Mutter dazu gesagt?«

»Mir doch egal, wenn die tobt«, grinste Sonja.

Gestern hatte das noch ganz anders geklungen, aber Julia stand doch tatsächlich der Mund offen.

Nur Natascha blieb an ihrem Tisch in der Ecke sitzen und feilte ihre Fingernägel. Aber ab und zu warf sie neidische Blicke zu unserem Tisch. Sonjas Augen blitzten dann noch ein bisschen mehr.

In der großen Pause hängte sich Sonja demonstrativ bei mir ein. Auf dem Weg nach draußen flüsterte sie mir ins Ohr: »Hoffentlich gefällt es Benny!«

»Ja, aber … eigentlich war es doch ein Unfall«, konnte ich mir nicht verkneifen zu sagen.

Sonja legte den Finger auf die Lippen.

»Pscht! Nicht weitersagen.«

Dabei guckte sie so verschwörerisch, dass ich grinsen musste.

»Da ist Benny!« Sie fuhr sich mit der Hand durch die pinke Mähne. Ich schluckte. Flo war auch dabei, und Sonja zog mich direkt auf die beiden zu.

»Na, Puppe?«, sagte Benny. »Coole Haare.«

»Hi, Benny!«, piepste Sonja. Ihre Stimme war ungefähr drei Oktaven höher als sonst. Oh Mann! Wenn mich einer Puppe nennen würde … aber egal. Denn plötzlich drehte Flo sich zu mir um und lächelte mich an. Wenn er lächelt, hat er zwei total süße Grübchen.

»Hallo, Flo …«, stammelte ich.

»Hi, Marie«, sagte er, und ich bekam weiche Knie.

Leider fiel mir danach nichts Schlaues mehr ein, und Flo drehte sich wieder weg. Warum kann ich nicht ein bisschen cooler sein?

Sonja hatte solche Probleme nicht. Benny erzählte ihr gerade lang und breit, in welchem Laden er seine Hose gekauft hatte.

»Dein Rock ist aber auch nicht schlecht«, sagte er dann mit breitem Grinsen.

Sonja zupfte das Teil noch ein Stück nach oben und piepste: »Ja, nicht?«

Zum Glück klingelte es in dem Moment.

Auf dem Weg zurück ins Klassenzimmer seufzte Sonja: »Ist er nicht toll?«

»Ja, ganz toll«, brummelte ich.

»Und er hat mit mir geflirtet!«, jubelte Sonja. »Das liegt bestimmt an der neuen Haarfarbe. Geniale Idee, oder?«

»Ja, aber eigentlich wolltest du doch gar nicht …«

Dieses Mal guckte Sonja so böse, dass ich den Mund sofort wieder zuklappte.

27. Februar, So.

Oma wollte wissen, ob wir schon einen Namen für den Stammhalter haben.

Mama lächelte. »Ich dachte, vielleicht Jonas oder Lukas …«

»So heißt doch jeder Zweite«, sagte Papa. »Ich bin für Benjamin. Das ist ein Klassiker.«

»Wie Benjamin Blümchen«, kicherte ich. »Das ist auch ein Klassiker!«

Papa funkelte mich böse an, und Oma sagte: »Immer diese Modenamen. Nennt ihn doch August!« Der Vorname von Opa.

»Bloß nicht!«, rief Mama. »Dann rufen sie ihn immer ›Der dumme August‹.«

Jetzt funkelte Oma Mama böse an.

Papa atmete tief durch.

»Marie, was meinst du denn dazu?«

Typisch! Erst interessiert sich keiner für meine Meinung, und wenn sich alle zoffen, dann soll ich es wieder geradebiegen.

»Ach, ihr könnt mich alle mal«, brummelte ich und verdünnisierte mich.

28. Februar, Mo.

Vorhin kam Mama in mein Zimmer und wollte mit mir reden. Wenn sie das schon so ankündigt, heißt das nichts Gutes.

Sie plumpste auf meinen Schreibtischstuhl (ich hatte Angst, er bricht zusammen, so dick ist sie schon) und sagte: »Kann es sein, dass du ein Problem mit dem Baby hast?«

Blitzmerkerin!

Ich sagte: »Wieso?«

Und Mama: »Na, weil du gestern einfach rausgerannt bist. Ich weiß ja, dass das alles im Moment nicht ganz einfach für dich ist …«

Gar nichts weiß sie.

»Papa und ich haben das ja auch nicht so geplant … Aber weißt du, beim Sex kann einem schon mal ein Unfall passieren. Sollte natürlich nicht, ich weiß, aber …«

»Was?«, rief ich. Sie wollte doch hoffentlich nicht mit mir über ihre und Papas Sexunfälle reden!

»Na, beim Sex«, sagte Mama und runzelte die Stirn. »Da haben wir aber schon drüber gesprochen, Marie. Wenn ein Mann und eine Frau sich ganz doll lieb haben …«

An der Stelle bin ich aufgestanden und gegangen. Aus meinem eigenen Zimmer.

Oje, jetzt kommt sie auch noch hinterher in die Küche. Muss aufhören und abhauen.

18:00 Uhr

Gerade hab ich Nick wieder getroffen. Auf dem Spielplatz, wo sonst.

»Was ziehst du denn für ein Gesicht?«, wollte er wissen.

»Meine Mutter hat versucht, mich aufzuklären«, sagte ich finster. Kaum, dass ich es gesagt hatte, wusste ich, es war ein Fehler.

Nick grinste.

»Ist das denn nötig?«

»Sehr witzig«, sagte ich. »Natürlich nicht. Ich kenne mich aus.«

»Aha«, sagte Nick. »Du bist also eine Sexpertin.«

»So ähnlich …«, murmelte ich mit heißen Wangen. Stimmte ja auch. Zwar nur theoretisch, aber trotzdem.

Nick kniff die Augen zusammen. »Hattest du überhaupt schon mal einen Freund?«

»Klar«, log ich. Dieses Mal wollte ich mich nicht von ihm einschüchtern lassen!

Also fragte ich zurück: »Hattest du denn überhaupt schon eine Freundin?«

»Eine? Fünf!«, sagte Nick.

Das glaubte er ja wohl selber nicht! Aber was er konnte, konnte ich schon lange.

Ich zog die Augenbrauen hoch. »Nur fünf?«

»Wieso, wie viele hattest du denn schon?«

»Dutzende!«, rief ich.

Da mussten wir beide grinsen.

Ob Nick wirklich schon mal eine Freundin hatte?

1. März, Di.

Heute Morgen beim Frühstück hatte ich Angst, jetzt kommt die große Standpauke, weil ich gestern einfach abgehauen bin. Aber Mama hat nur vorsichtig gelächelt und gefragt: »Alles wieder gut?«

»Alles wieder gut«, sagte ich.

Stimmt zwar nicht, fühlt sich aber gut an.

2. März, Mi.

Mama hat mir ein Aufklärungsheft in die Hand gedrückt: »Sex – aber sicher!«

»Was ich da vorgestern gesagt habe, gilt natürlich nicht für dich«, hat sie gemeint. »Du darfst auf gar keinen Fall vergessen zu verhüten!«

Oh Mann! Erst denkt sie, ich weiß nicht, was Sex ist, und dann denkt sie, ich hab schon welchen. Was denn nun?

Außerdem ist das mal wieder typisch: Sie darf vergessen zu verhüten, und die ganze Familie muss es ausbaden. Aber mir droht sie!

Nicht, dass ich vorhätte, schwanger zu werden oder mir Aids zu holen, wenn ich irgendwann mal mit einem Jungen schlafe – ich bin ja nicht bescheuert.

Aber typisch ist es trotzdem.

3. März, Do.

Heute in der großen Pause kam doch tatsächlich Natascha zu uns an den Tisch.

»Coole Haare«, sagte sie.

»Danke!« Sonja strich sich durch ihre pinke Mähne.

»Liest du auch die PINK?«, fragte Natascha mit Blick auf Sonjas Zeitschrift.

Sonja nickte.

Daraufhin Natascha: »Hast du schon den Psychotest gemacht?«

Sonja: »Ich lese die mehr wegen Mode und Make-up und so.«

Natascha: »Nee, klar, aber der Test ist auch nicht ohne. Solltest du mal machen!«

Den ganzen Weg die Treppe runter zum Schulhof haben sie über den Test geredet, und kaum waren wir unten, haben sie ihn zusammen gemacht. »Welcher Jungs-Typ steht auf dich« oder so ähnlich. Ich stand auch – nämlich ziemlich doof daneben. Außerdem dachte ich, Sonni will was von Benny! Also warum muss sie dann noch wissen, welcher Jungs-Typ auf sie steht? Und was macht sie, wenn rauskommt, dass Benny der falsche Typ ist? Aber so was kommt ja eigentlich nie raus. Bei diesem Test natürlich auch nicht. Dann war die Pause zu Ende, und ich trottete hinter den beiden die Treppe zu unserem Klassenzimmer hinauf. Nataschas Shorts waren so kurz, dass ich ihren Slip sehen konnte. Lila. Mit Spitze. Aber ich werd's ihr bestimmt nicht sagen!

Als wir wieder an unserem Tisch saßen, raunte ich Sonja zu: »Ich dachte, du kannst sie nicht ausstehen.«

»Kann ich ja auch nicht«, wisperte Sonja zurück. Und dabei sah sie sehr zufrieden aus.

14:00 Uhr

Ich hab Sonja gefragt, ob sie Lust hat, heute Nachmittag mit mir ins Kino zu gehen oder so. Wir haben schon ewig nichts Lustiges mehr zusammen gemacht.

Aber sie hat gemeint, Kino ist doch total out, und warum wir nicht bei ihr eine DVD gucken. Wenn ich nicht wüsste, dass sie dreimal so viel Taschengeld kriegt wie ich, würde ich denken, sie ist pleite, so hat sie rumgestottert. Aber selbst wenn das mal alle ist, muss sie nur ihre Mutter fragen und kriegt einen Nachschlag. (*Neid!*)

»Seit wann hast du denn keine Lust auf Kino?«, wunderte ich mich. »Aber wir können ja auch was anderes machen, Inliner fahren oder im Park abhängen und Eis essen, oder ...«

»Ähm ... nee«, unterbrach Sonja mich. »Geht leider alles nicht.«

»Und warum nicht?«

»Aber nicht weitersagen!«

Ich schüttelte den Kopf.

»Ich hab Hausarrest«, flüsterte sie mir ins Ohr.

»Warum denn das?«

Mit zerknirschtem Gesicht zeigte sie auf ihre Haare.

Wusste ich's doch, dass ihre Mutter austickt, wenn sie die sieht.

»Und wie lange?«, fragte ich.

»Noch zwei Wochen.«

Also gehe ich gleich zu ihr, DVD gucken.

19:00 Uhr

Irgendwie war das langweilig heute. Und das lag nicht am Film, der war eigentlich ganz lustig. Aber danach hat Sonja die ganze Zeit von Benny geschwärmt, dabei hat sie mir das alles schon zehnmal erzählt. Ich meine, er sieht ja ganz gut aus und alles, und klar, er ist Sänger, und das ist schon ziemlich cool, aber sooo toll ist er ja nun auch wieder nicht.

Also hab ich Sonja reden lassen (alles andere wäre sowieso sinnlos gewesen) und hab dabei an Flo gedacht. Hätte ja sein können, dass er irgendwann auftaucht – er wohnt schließlich auch da. Ist er aber nicht. Nicht mal dafür hat es sich also gelohnt.

5. März, Sa.

Wir haben Namenslisten gemacht. Mama, Papa und ich (ha!) haben jeder drei Namen, die wir gut finden, auf einen Zettel geschrieben.

Bei Mama stand:

Jonas

Lukas

Niklas

Bei Papa stand:

Leander

Lennart

Theodor

(Den Benjamin Blümchen hat er wohl aufgegeben ...)

Bei mir stand:

Joshua

Justin

Sam (Der ist mir kurz vorher erst eingefallen, und den Namen finde ich richtig cool.)

Papa hat dann vorgeschlagen, dass jeder drei Punkte vergeben kann für die Namen, die er am besten findet. Das hat aber nicht geklappt, weil jeder nur seinen eigenen Namen die Punkte gegeben hat.

Dann meinte Papa, okay, geben wir die Punkte nur für die Listen der anderen. Und ich sollte anfangen. Typisch! Ich fand Mamas und Papas Namen aber alle ätzend und hab das auch gesagt.

»Aber Justin ist besser, oder was?«, rief Mama.

Das war ja so was von unfair.

Papa hat dann gemeint, vielleicht vertagen wir das Ganze besser. Mama und ich haben nichts gesagt, weil wir beide sauer waren.

Oh Mann.

7. März, Mo.

Natascha und Sonja hängen jetzt in den Pausen immer zusammen. Mit Sonja alleine war es viel schöner.

8. März, Di.

Natascha hat beschlossen, sich ohne C zu schreiben. Natasha. Das hat sie heute in der Pause verkündet. Weil sie das cooler findet. Ich habe ihr gesagt, dass man seinen Namen nicht so einfach ändern kann, man muss das beim Amt beantragen, schriftlich und so. (Keine Ahnung, welches Amt, aber es stimmt.) Alles, was ich damit erreicht habe, waren böse Blicke. Auch von Sonja. Sie war nämlich hin und weg und hat sofort angefangen zu überlegen, welchen Buchstaben sie bei ihrem Namen weglassen könnte. Aber bei »Sonja« klappt das einfach nicht. Dann hat sie sich auf mich gestürzt und meinte, dass ich mich doch »Mari« nennen kann. Ohne e.

»Und warum?«, meinte ich. »Man hört doch eh keinen Unterschied.«

Aber die beiden haben nur mit den Augen gerollt.

9. März, Mi.

Flo hat Nataschas Beine angestarrt. Ich hab's genau gesehen! Und mir ging's tierisch schlecht deswegen. Schließlich sollte ich Sonjas Mini verhindern, stattdessen schleppt sie jetzt in der Pause praktisch einen zweiten an. Aber dann hat Flo gelächelt. Beziehungsweise gegrinst. Irgendwas dazwischen. Es war genau das gleiche Grinse-Lächeln, das Nick im Gesicht hatte, als er auf Sonjas Beine geglotzt hat. Was ging denn da ab!? Die No-Mini-Regel gilt anscheinend nur für kleine Schwestern. Beziehungsweise: nur für die eigene kleine Schwester.

10. März, Do.

Er hat schon wieder ihre Beine angestarrt. Natascha will mir Flo wegschnappen, klarer Fall!

Fairerweise muss ich dazu sagen: Sie weiß ja gar nicht, dass ich in ihn verliebt bin. Aber das würde sie garantiert auch nicht abhalten!

Heute in der Pause hat sie Flo dermaßen angeklimpert, voll daneben!

»Hi Flo! Was macht die Schülervertretung?«

Dabei interessiert sie sich dafür genauso brennend wie ich mich für Omas Trockenblumengestecke.

Flo ist sofort darauf angesprungen, er ist ja total engagiert als Schulsprecher. Ich hätte natürlich supergerne mit ihm darüber diskutiert, aber ich stand ja nur in der zweiten Reihe. Und Natascha hätte auch dann mit den fett getuschten Wimpern geklimpert und dämlich gegrinst, wenn er ihr seinen Stundenplan vorgelesen hätte.

Das hab ich in Mathe gezeichnet:

Ist der Hund nicht süüüüß? Vor allem die Schlappohren! Man erkennt sofort, dass das Flo ist.

Nicht wegen der Schlappohren, natürlich.

11. März, Fr.

Schlimmer geht immer.

Natascha hat heute so viel geklimpert, dass mir davon ganz schlecht geworden ist. Und was macht Flo? Anstatt angeekelt wegzulaufen, erzählt er ihr den ganzen Kram von gestern noch mal. Hallo? Jeder konnte sehen, dass Natascha gar nicht zugehört hat. Und gerade, als ich mich an dem schleimigen Nils aus unserer Klasse vorbeidrücken will, um ihn darauf hinzuweisen, nimmt er doch tatsächlich ihre Hand! Ich hab die beiden Hände angestarrt und gedacht, ich bin im falschen Film. Und in dem Moment dreht sich der schleimige Nils zu mir um und sagt: »Hi Marie!« Als hätte er gerade erst gemerkt, dass ich hinter ihm stehe. Dabei musste ich mir die ganze Zeit den Hals verrenken, um Flo überhaupt sehen zu können.

Was Nils in der Band zu suchen hat, habe ich sowieso nie verstanden. Also hab ich auch »Hi« gesagt und bin dann ganz schnell abgerauscht. Der schleimige Nils! Ausgerechnet der.

Als wir wieder in der Klasse waren, kam Natascha zu mir rüber und meinte so laut, dass alle es hören konnten: »Hast du einen neuen Lover?«

Dabei hat sie mit einem dämlichen Grinsen zu Nils' Tisch rübergeglotzt.

Wieso hat die das überhaupt mitgekriegt? Wenn Flo meine Hand halten würde, würde ich sonst gar nichts mehr mitkriegen.

Aber Nils ist natürlich knallrot geworden, und das Schlimme ist: ich auch. Weil mich alle angestarrt haben.

»Einen? Zwei!«, grinste Sonja. »Es gibt da ja auch noch Nick vom Spielplatz!«

Ich hätte sie erwürgen können.

Natascha zog die Augenbrauen hoch. »Das hätte ich unserer Kleinen gar nicht zugetraut!«

Zum Glück kam in dem Moment Frau Grote in die Klasse, sonst hätte ich sie beide umgebracht.

Das war hinterher in meinem Englischheft:

12. März, Sa.

Komisch, sonst hat Sonja immer über Flos Groupies gelästert, aber bei Natascha stört sie das überhaupt nicht. Vielleicht hätte ich ihr das mit Flo und mir ja doch erzählen können?

Aber dafür ist es jetzt zu spät, denn erstens gibt es gar nichts zwischen Flo und mir. (Leider!)

Und zweitens: Wenn ich es ihr jetzt erzähle, sieht es so aus, als ob ich Natascha Flo wegschnappen will. Dabei ist es in Wahrheit genau umgekehrt.

Außerdem will ich mir gar nicht vorstellen, was passiert, wenn Natascha das erfährt …

Aber irgendetwas muss passieren. Ich kann doch nicht einfach dabei zusehen, wie Natascha mir Flo wegnimmt!

Dann muss ich mich eben auch sexy aufbrezeln.

Ob Flo sich dann endlich in mich verliebt?

13. März, So.

Hab mal wieder Nick auf dem Spielplatz getroffen.

»Du kommst auch nur her, wenn du schlechte Laune hast, was?«, fragte er in unverschämt fröhlichem Ton.

»Wie kommst du darauf, dass ich schlechte Laune habe!«, kläffte ich ihn an.

»Guck doch mal in den Spiegel«, sagte er grinsend.

»Lieber nicht«, brummelte ich.

Nick ließ sich neben mir auf die Schaukel plumpsen.

»Willst du drüber reden?«, fragte er und stieß sich ab.

Das war neu – dass er vorher fragte! Na ja, die Meinung eines Jungen konnte vielleicht tatsächlich nicht schaden. Auch, wenn es nur die von Nick war.

»Ich überlege, ob ich mir einen Minirock oder so was kaufen soll«, blubberte ich heraus.

Nick zog die Augenbrauen hoch und musterte mich von Kopf bis Fuß. Ich kam mir vor, als säße ich nackt auf der Schaukel.

»Sieht bestimmt scharf aus«, war sein Kommentar.

Aber das war ja nicht der Punkt.

»Würdest du dich eher in jemanden verlieben, der sich sexy anzieht? In ein Mädchen, meine ich?«

»Hui!« Er hob abwehrend die Hände und wäre dabei fast von der Schaukel gerutscht. »Von Verlieben war bisher nicht die Rede!«

Aber so leicht kam er mir nicht davon.

»Würdest du?«

Er sah mich an. Seine Augen waren leuchtend blau. Dass ich das noch nie bemerkt hatte …

»Vielleicht würde mir ein sexy Mädchen eher auffallen«, murmelte er. »Aber verlieben … man verliebt sich doch in das, was jemand ist, nicht in das, was er anhat. Sie, meine ich. Oder?«

»Aber auffallen würde ich dir dann schon eher?«, bohrte ich nach.

Er grinste. »Ach, geht's jetzt um uns zwei?«

»Natürlich nicht!«

Er hatte es geschafft: Meine Wangen glühten schon wieder.

Sein Grinsen wurde breiter. »Zieh dich ruhig sexy an! Das mit dem Verlieben können wir dann ja immer noch sehen.«

»Idiot«, zischte ich und sprang von der Schaukel. Als ich mit großen Schritten vom Spielplatz stapfte, merkte ich, wie sich sein Blick in meinen Hintern bohrte. Idiot!

14. März, Mo.

IDIOT! IDIOT!! IDIOT!!!

(Komisches Wort, eigentlich.)

15. März, Di.

Nick denkt anscheinend immer nur an das Eine. Ob alle Jungs und Männer so sind? Flo genauso? Obwohl: Nick hat ja auch gesagt, man verliebt sich in das, was jemand ist. Das war doch irgendwie süß. Aber ein Idiot ist er trotzdem! Und er hat keine Ahnung. Schon gar nicht davon, wie Flo tickt.

Aber da hab ich ja auch falsch gelegen. Dabei sind wir doch Seelenverwandte! Er muss es nur endlich merken. Und wie soll er das, wenn er die ganze Zeit Nataschas Beine anstarrt?

16. März, Mi.

Flo hat heute schon wieder mit Natascha Händchen gehalten. Wenn ich mich nicht beeile, fangen die noch an zu knutschen! Ich muss mir echt ein sexy Outfit zulegen. Nick hat ja auch gesagt, er würde ein Mädchen, das sich sexy anzieht, eher bemerken. Und mich bemerkt Flo im Moment überhaupt nicht.

17. März, Do.

Aber wie und wo besorgt man sich so was am besten? Muss wohl mal Sonja fragen.

Aber garantiert nicht, wenn Natascha dabei ist.

18. März, Fr.

Die ist im Moment irgendwie immer dabei!

20. März, So.

Oma kam heute mit einem Staubsaugerkarton zum Nachmittagskaffee. Zuerst dachte ich, das ist ein Wink mit dem Zaunpfahl, dass Mama nicht gut genug putzt, aber nein: Darin waren Babysachen. Von Papa.

Mama sagte nur: »Oh.«

Oma packte ein kackbraunes Teil nach dem anderen aus und strahlte dabei über das ganze Gesicht. »Guck mal, wie süß! Und so praktisch.«

(Praktisch? Weil man nicht sieht, wenn das Baby sich vollscheißt?)

Mama schnappte sich einen Strampler, der noch einigermaßen okay aussah, und studierte das Etikett.

»100 Prozent Polyester! Das tue ich meinem Kind nicht an.«

»Andreas hat die auch getragen«, schnappte Oma.

Es war also mal wieder ein ganz normales, gemütliches Kaffeetrinken.

»Sie meint es doch nur gut«, sagte Papa hinterher.

»Von wegen!«, rief Mama. »Das Zeug wollte ich schon damals bei Marie nicht haben!«

»Es reicht ja, wenn du ihm ab und zu mal was anziehst, wenn sie zu Besuch kommt«, sagte Papa.

»Mein Baby kommt nicht in diesen Polyester-Scheiß!«, kreischte Mama. (Sie hat wirklich ›Scheiß‹ gesagt.)

Jetzt guckte Papa beleidigt.

»Wieso überhaupt DEIN Baby?«

»Ja, wer hat denn hier den dicken Bauch? Und auch noch die ganze Arbeit! Ihr könntet ja auch mal was machen! Guck nicht so, Marie, du auch!«

An der Stelle bin ich gegangen.

21. März, Mo.

Ich glaube kaum, dass die im Moment Sex haben.

22. März, Di.

Ich bin eingeladen! Zu einer Party, auf der Flos Band spielt. Ist das nicht irre?

Na ja, eigentlich hat Benny Sonja eingeladen. Aber mich eben auch.

Aber von vorne: Natascha war heute nicht in der Schule, angeblich ist sie krank. Deshalb gingen Sonja und ich alleine auf dem Schulhof herum, immer vor den Jungs hin und her. Was anderes kann man mit Sonja ja im Moment nicht machen. Dann ist sie auch noch direkt neben ihnen stehen geblieben – total unauffällig! Benny erzählte gerade, dass er den alten Partykeller seiner Eltern zum Bandraum umbaut – mit Bühne, Scheinwerfern »und allem Drum und Dran. Das wird 'ne echt coole Location für die Band. Und an meinem Geburtstag steigt da 'ne Riesenparty!«

Plötzlich drehte er sich breit grinsend zu uns um. Beziehungsweise zu Sonja.

»Hör mal, willst du nicht auch kommen? Kannst auch deine Freundin mitbringen.«

Sonja tickte fast aus, als sie das hörte.

»Super! Danke! Klar kommen wir. Wann ist denn die Party?«

»Am elften Juni. Da werd ich sechzehn«, sagte Benny.

Sonjas Grinsen löste sich für einen Moment auf.

»Das ist ja noch fast drei Monate hin!«

»Was hast du denn für'n Problem? Das ist ein Riesenumbau. Aber du musst ja nicht kommen«, brummelte Benny.

»Nein, nein, klar kommen wir! Nicht, Marie?«, kiekste Sonja.

»Ja, klar«, sagte ich und dachte nur: Ob Flo auch da ist?«

»Die Band spielt übrigens«, sagte Benny.

»Flos Band?« Ich konnte mein Glück kaum fassen.

»Meine Band.« Benny klang beleidigt. »Flo spielt nur Saxofon.«

Sonja starrte mich wütend an. Ich hätte mir in den Hintern beißen können.

»Äh, ja, das meinte ich doch«, stammelte ich. »Deine Band, klar!«

»Also dann, man sieht sich.« Benny zwinkerte Sonja zu und drehte sich wieder zu den Jungs um, und sie zog mich am Ärmel in die andere Richtung.

»Musst du immer so zickig sein?«, zischte sie, kaum dass wir außer Hörweite waren.

»Ich war doch nicht zickig!«, rief ich.

»Und ob! Aber egal, ich bin zu Bennys Geburtstagsparty eingeladen! Ist das nicht irre?«

»Ja, irre«, murmelte ich. Aber was noch viel irrer ist: Ich bin zu einer Party eingeladen, auf der Flos Band spielt! Und Natascha ist nicht eingeladen. Das ist meine große Chance: Flo ist da, die Band spielt – alles wie in meinem Traum. Und ich kann dafür sorgen, dass er wahr wird!

Dass es noch so lange hin ist, ist auch super – dann kann ich das wenigstens perfekt planen. Denn klappen kann es natürlich nur, wenn Flo mich auch bemerkt. Ach was, bemerken: Ihm müssen die Augen aus dem Kopf fallen, wenn er mich sieht! Er muss vergessen, dass es eine Natascha gibt.

Deshalb ist es jetzt beschlossen: Ich besorge mir ein sexy Outfit. Und nicht nur das: Ich werde das heißeste Mädchen auf der ganzen Party sein! Dann MUSS Flo sich ja in mich verlieben.

Die Sache hat nur einen Haken: Ich habe von Klamotten und Schminken und so was immer noch keine Ahnung. Vielleicht sollte ich mir auch mal eine PINK kaufen.

23. März, Mi.

Ich hab mir eine PINK gekauft. Oh Mann, das ist ja 'ne Wissenschaft für sich! Ich brauche nicht nur einen Plan, ich brauche zehn Pläne. Mindestens. Einen Klamottenplan, einen Frisurplan, einen Schminkplan, einen Schuhplan, einen Gehplan, einen Stehplan, einen Flirtplan, einen Sprechplan – fehlt nur noch ein Denkplan, dann kann ich auch eine Barbie mit Sprachausgabe dahinschicken.

Nee, ernsthaft, ich glaube, ich muss Sonni um Hilfe bitten. Sie darf nur nienieniemals erfahren, dass es um Flo geht! Hoffentlich fragt sie nicht nach. Ich werde doch immer rot, wenn ich versuche zu lügen.

24. März, Do.

Heute wollte ich Sonja fragen, ob sie mit mir Klamotten kaufen geht und mir vielleicht vor der Party beim Schminken hilft. Ich hatte immer noch Schiss, dass sie das mit Flo rauskriegt und womöglich meint, ich will ihn Natascha ausspannen. Aber das Ganze hatte sich dann eh erledigt.

Bevor ich anfangen konnte, hat sie nämlich zu mir gesagt: »Ich glaube, da läuft was zwischen Natascha und Flo.«

Ich nur: »Hm-m.«

Sie: »Wäre das nicht toll, wenn die beiden zusammenkommen? Mein Bruder und meine beste … äh, ich meine, meine Freundin.«

Ich dachte, ich höre nicht richtig!

Und dann hat sie mich doch tatsächlich gefragt, ob es schlimm wäre, wenn sie Natascha zur Party mitnimmt statt mich. Weil das doch ihre große Chance wäre, richtig mit Flo zusammenzukommen.

HALLO?

Ich hab nur gezischt: »Benny hat aber mich eingeladen« und bin abgerauscht.

Ich lass mich doch nicht einfach so abschieben!

Und was sollte überhaupt dieser Versprecher, von wegen »beste … äh Freundin«?

Ist Natascha jetzt ihre beste Freundin, oder was?

25. März, Fr.

Scheint so. Heute hab ich in der ersten Pause Natascha und Flo beim Händchenhalten zugesehen und Sonja beim Benni-Anplinkern. Der schleimige Nils hat mich angegrinst, dass ich eine Gänsehaut bekommen habe, aber außer »Hi« hat er zum Glück nichts gesagt.

In der zweiten Pause bin ich dann hinter den Ladys in Pink hergedackelt wie ein Hund hinter seinem Herrchen (Nataschas Shirt hatte genau die gleiche Farbe wie Sonjas Haare). Aber hat eine von den beiden mich beachtet oder mal mit mir geredet? Fehlanzeige.

Und dann hat Sonja auch noch zu Natascha gesagt: »Warum fragst du Benny nicht, ob du auch zur Party kommen kannst?«

Ganz toll.

Zum Glück hat Natascha die Haare nach hinten geschmissen und gemeint: »Ich bettle doch nicht darum, dass er mich einlädt! Das muss schon von ihm kommen.«

Aber danach haben sie gleich wieder die Köpfe zusammengesteckt und getuschelt, sodass ich kein Wort verstanden habe.

Irgendwann wurde mir das zu blöd, und ich habe mich verkrümelt. Aber alleine auf dem Schulhof herumzustehen, ist ziemlich traurig, deshalb bin ich losmarschiert. Nirgendwohin speziell, einfach nur so über den Hof. Der ist ziemlich verwinkelt, er geht einmal um das Gebäude herum und dann noch um die Ecke zur Turnhalle. Da saß Nick auf einer Mauer und kritzelte total vertieft etwas auf einen Zettel. Sah aus, als sollte man ihn besser nicht stören. Außerdem hab ich keine Lust auf neue Gerüchte, wenn uns jemand zusammen sieht – Sonja meint ja jetzt schon, da wäre was zwischen uns.

Auf dem Rückweg hab ich Nora, Laura und Anna aus unserer Klasse gesehen. Unglaublich: Die machen immer noch Seilspringen! Das hab ich schon in der Fünften nicht gekonnt, als das alle noch toll fanden. Zum Glück hat es geklingelt, bevor sie mich fragen konnten, ob ich mitmachen will.

Ich habe echt keine Ahnung, was ich morgen in der Pause machen soll. Ich war immer mit Sonja zusammen, solange ich denken kann. Beste Freundinnen eben.

Aber jetzt muss ich mir wohl jemand anderen suchen.

Hat Sonja ja auch gemacht.

Nur wen?

28. März, Mo.

Heute hab ich's in der ersten Pause mit Julia und Nadine versucht, aber die haben die ganze Zeit über Pferde geredet.

In der zweiten bin ich dann aufs Klo gegangen. Richtig lange. Aber ich kann doch nicht jede Pause auf dem Klo verbringen!

29. März, Di.

Heute haben sich Sonja und Natascha in der Sportumkleide geschminkt. Sonja hat vor dem kleinen, fleckigen Spiegel an der Wand die Lippen nachgezogen, und Natascha hatte eine kleine Puderdose mit Spiegel dabei.

»So was muss ich mir unbedingt auch besorgen«, seufzte Sonja und schmachtete die Puderdose an wie sonst nur Benny.

Dabei war das VOR dem Sportunterricht. Wie bescheuert ist das denn?

In der Pause war ich dann wieder auf dem Klo.

30. März, Mi.

Es gibt vier Mädchenklos in der Schule. Nein, vier Kloräume mit insgesamt einundzwanzig Kabinen. Und ich kenne sie jetzt alle.

Oh Mann, so geht das echt nicht weiter.

31. März, Do.

Das kommt davon, wenn man sich im Klo versteckt und Sonja und Natascha alleine lässt. Heute nach der Pause kam Sonja zeitschriftwedelnd an unseren Tisch, die grinsende Natascha im Schlepptau, und sagte so laut, dass es auch der Letzte in der Klasse hörte: »Wir haben den Test für dich gemacht!«

Ich hab natürlich gefragt: »Welchen Test?«

Das hat sich wohl auch der Rest gefragt, denn inzwischen starrten uns ziemlich viele Gesichter an.

»Den Liebestest!«, rief Sonja. Jetzt starrten wirklich alle, und meine Wangen fingen an zu glühen. Warum machten die beiden einen Liebestest für mich?

Sonja strahlte mich an. »Rate mal, was rausgekommen ist.«

»Keine Ahnung«, murmelte ich schwach. Aus den Augenwinkeln sah ich, wie der schleimige Nils versuchte, in seinen Rucksack zu kriechen. Ich hätte jetzt auch gerne ein Loch zum Verkriechen gehabt.

»Nick!«, kreischte Natascha.

»Nick? Aber was …«, stotterte ich.

»Oh Mann, Marie«, stöhnte Sonja. »Wir haben deine beiden Lover miteinander verglichen, und …«

»Was soll das heißen, meine Lover?«, protestierte ich. »Ich habe keine Lover!«

Irgendjemand kicherte leise.

»Na klar hast du«, grinste Natascha. »Nick und Nils.«

»Die sind nicht meine Lover!«, brüllte ich. Das Kichern wurde lauter. Das war echt das Peinlichste, was mir in meinem ganzen Leben passiert ist! Julia und Nadine, die hinter uns sitzen, starrten mich mit großen Augen an, und Nils' Gesicht steckte jetzt komplett in seinem Rucksack, aber seine Ohren leuchteten wie rote Ampellichter.

Sonja sah mich zweifelnd an, aber Natascha winkte bloß ab.

»Jaja, schon gut, jedenfalls hat dieser Nick gewonnen.« Sie sah verächtlich auf Nils Hinterkopf. »Sei doch froh!«

Zum Glück kam in dem Moment Frau Grote in die Klasse.

»Was ist denn hier los?«, fragte sie streng, weil einige sogar aufgestanden waren, um mich besser sehen zu können. Und wenn Frau Grote streng wird, dann spurt selbst Kasper Kevin. Natürlich guckten auch Julia und Nadine wieder zur Tafel, aber als Frau Grote die ersten Sätze anschrieb, beugte sich Julia nach vorne und flüsterte: »Hast du echt zwei Freunde auf einmal?«

»Nein«, zischte ich zurück, aber sie sah trotzdem beeindruckt aus.

Wenigstens etwas, hahaha.

PEINLICH! Das war so PEINLICH!

1. April, Fr.

Natascha hat jetzt auch pinke Haare. Okay, es ist nur eine pinke Strähne in ihrem Pony, aber das ist ja so was von nachgemacht! Und Sonja scheint es nicht mal zu stören.

»Sieht doch cool aus«, meinte sie nur.

3. April, So.

Heute beim Frühstück guckt Mama plötzlich von der Zeitung hoch und sagt: »Was haltet ihr denn von Tim?«

Ich sag noch: »Von welchem Tim?«, aber sie meinte es als Namen für das Baby.

Papa und ich fanden den beide gut. Kurz und witzig, fast ein bisschen wie Sam.

Also heißt das Baby jetzt Tim.

4. April, Mo.

Heute hat Julia mich gefragt, ob ich bei der Schülerzeitung mitmachen will.

»Bei welcher Schülerzeitung?«, fragte ich.

Da kam raus: Sie will eine gründen. Ein Pferdejournal oder was? Darauf hab ich ja nun gar keine Lust.

»Worum soll es denn da gehen?«, hab ich also gegrummelt.

»Na ja, Geschichten aus der Schule, Klassenfahrtberichte, Lehrer- und Schülertypen und so was«, meinte sie. »Vor allem fehlen uns noch Illustrationen. Und du zeichnest doch ziemlich gut …« Sie wurde ein bisschen rot, als sie das sagte. Warum denn das? Und woher wollte sie wissen, wie ich zeichne? In Kunst sitzt sie am anderen Ende des Raumes, und gezeichnet haben wir da auch ewig nicht mehr. Da fiel es mir plötzlich ein: der Pimmel! Den Frau Grünberg in Bio hochgehalten hatte! Ich wurde mindestens doppelt so rot wie Julia. Das hätte ich ihr echt nicht zugetraut, dass sie mich damit fertigmachen will.

»Lass mich bloß in Ruhe«, zischte ich und machte, dass ich wegkam.

5. April, Di.

Happy Birthday, Marie! Seit heute bin ich 14. Am liebsten würde ich eine Riesenparty schmeißen mit coolen Leuten, aber stattdessen hat nicht mal Sonja an meinen Geburtstag gedacht. Sie war zu beschäftigt damit, von Benny und der Party zu schwärmen. Das einzig Gute heute war Nataschas böser Blick, weil sie nämlich immer noch nicht eingeladen ist (hehe!).

Auf jeden Fall sah es heute Mittag so aus, als müsste ich mit Mama und Papa feiern, und darauf hatte ich natürlich überhaupt keine Lust. Aber von wegen! Mama hatte zwar Kuchen vom Bäcker geholt und ein paar Kerzen angezündet, aber sie und Papa mussten um sechs beim Geburtsvorbereitungskurs sein. Das hat sie beim Kuchenessen so ganz nebenbei erwähnt. Wenigstens guckte sie dabei einigermaßen zerknirscht. Aber das ist ja wohl auch das Mindeste! Absagen wollte sie den Kurs auf keinen Fall, weil sie heute Atemübungen für die Geburt machen.

»Das ist das Wichtigste am ganzen Kurs, und das machen wir nur heute«, meinte sie.

Und wie oft werde ich 14?

Ganz toll!

Sie hat zwar versprochen, wir holen das nach, blablabla, aber das ist doch nicht das Gleiche.

Als sie gegangen waren, war ich echt fertig, weil ich dachte, das wird eine Party nur mit Rasputin und seinen Gurkenscheiben. Aber dann wurde es doch noch richtig gut. Ratet mal, mit wem ich gefeiert habe?

Mit Nick.

Kein Scherz!

Ich hatte nämlich keine Lust, an meinem Geburtstag in meinem Zimmer die Wände anzustarren. (Die Klokacheln in den Pausen reichen mir.) Deshalb bin ich auf den Spielplatz gegangen – okay, ich geb's zu, ich habe gehofft, dass Nick auftaucht. Und nachdem ich eine Weile zwei kleinen Mädchen beim Sandkuchenbacken zugesehen hatte, kam er auch.

»Hi«, sagte er, und weil ich keine Lust auf Geplapper hatte, antwortete ich: »Ich hab heute Geburtstag.«

»Echt? Und wann steigt die Party?« Er grinste.

»Jetzt«, murmelte ich. »Hier.«

»Jetzt? Hier? Und das sind die Gäste, oder wie?« Er zeigte auf die beiden Mädchen, die mit großen Augen zu uns hochsahen.

Gegen meinen Willen musste ich grinsen. »So ungefähr.«

»Und was ist mit Sarah oder wie sie heißt? Deiner besten Freundin?«

»Sonja. Die hat's vergessen«, brummelte ich.

»Na, das ist aber eine tolle Freundin!«, sagte Nick trocken. »Was meint ihr, sollen wir Marie einen Geburtstagskuchen backen?«

»Au ja!«, riefen die beiden Mädchen, und Nick sprang in die Sandkiste und fing an, Sand zu einem Riesenhaufen aufzuschaufeln. Die Kleinen machten begeistert mit, und ich irgendwann auch, obwohl Nick meinte, den eigenen Geburtstagskuchen backen, das geht eigentlich nicht.

Irgendwann hat eine der Kleinen Nick mit Sand beworfen, und

dann hat er MICH mit Sand beworfen, und ich habe zurückgeworfen, und schon waren wir in einer Mega-Sandschlacht. So viel Spaß habe ich schon ewig nicht mehr gehabt! Dummerweise haben sich Nick und die Kleinen gegen mich verbündet, sodass ich mich irgendwann japsend in den Sand geschmissen und um Gnade gewinselt habe. Nick hatte die Mädchen echt gut im Griff, die haben sofort aufgehört, und er hat sich neben mich geworfen. Seine blauen Augen waren ganz nah an meinen, und mir war ein bisschen schwindelig, das kam bestimmt von der Sandschlacht. Und dann hat er mich ins Kino eingeladen. Ich durfte mir den Film aussuchen, und am liebsten hätte ich »Ein Kuss zum Verlieben« gesehen, aber das traute ich mich nicht zu sagen. Außerdem: Von Flo träumen, während ich neben Nick im Kino sitze, das wäre auch nicht ganz fair gewesen. Also haben wir stattdessen was Witziges geguckt, und Nick hat jedes Mal so laut gelacht, dass ich schon alleine davon mitlachen musste. Hinterher hatte ich richtig Bauchweh.

Auf dem Rückweg habe ich ihm von der Sache mit Natascha und Sonja erzählt, und er hat mir erzählt, wie das war, als sein Kumpel Jan weggezogen ist. Und dass er jetzt in seiner Klasse auch niemanden mehr hat, mit dem er so richtig was anfangen kann. In dem Moment kamen wir vor meiner Haustür an. Da standen wir nun, und plötzlich war ich irgendwie verlegen. Nick wohl auch, denn er hatte eine ganz kratzige Stimme.

»Also dann …«, sagte er.

»Also dann …«, sagte ich.

Ich hab die Haustür aufgeschlossen, und dann standen wir wieder da.

Eigentlich hätte ich ihm gerne gesagt, dass ich total viel Spaß hatte und wie lieb das alles von ihm war. Aber in meinem Hals war ein dicker Kloß, und schließlich murmelte ich nur: »Danke.«

»Gern geschehen«, sagte Nick, und durch den Spalt der zufallenden Haustür sah ich, dass er zufrieden grinste.

6. April, Mi.

Heute hab ich den ganzen Vormittag Sandkörner aus meinen Haaren gepult und dabei an Nick gedacht. Nicht auf die verliebte Art, natürlich, aber ich hatte ein ganz warmes Gefühl im Bauch.

Ach ja, und Sonja ist eingefallen, dass ich Geburtstag hatte.

»Mensch, wir haben ja gar nicht gefeiert!«, rief sie. »Das holen wir aber nach, versprochen!«

Ich muss die ganze Zeit daran denken, was Nick gesagt hat: »Die ist aber eine tolle Freundin!« Ist sie nicht, jedenfalls nicht in letzter Zeit. Seit sie immer mit Natascha abhängt, um genau zu sein. Ich glaube noch nicht mal, dass sie es böse meint, aber sie macht einfach jeden Mist mit, den Natascha sich ausdenkt. Liebestest, pah! Das nehme ich ihr echt übel, dass sie mich so blamiert hat.

Na ja, wenigstens hat sie mich heute in der Pause gefragt, ob ich wieder mit ihnen rauskommen will. Hab ich dann auch gemacht. Ich lasse mir doch von Natascha nicht auch noch Sonja wegnehmen!

7. April, Do.

Heute hat Natascha Sonja gefragt, ob sie ihr einen Tampon leihen kann. Leihen!

Sonja hatte keinen und hat mich gefragt. Sie weiß ja, dass ich welche in meiner Federtasche habe, deshalb konnte ich schlecht nein sagen. Sonst hätte ich dazu sagen müssen: Aber Natascha kriegt keinen! Und dann wäre es echt albern geworden.

Ich geb also Sonja den Tampon, und sie gibt ihn Natascha, und die sagt: »Danke«, und Sonja zögert einen Moment, dann sagt sie: »Der kommt von Marie.«

Wie Natascha mich da angeguckt hat!

»Die hast du doch aber nicht für dich dabei?«, hat sie gefragt, und ich bin knallrot geworden und habe gesagt: »Doch, klar.«

Sie kann ja schließlich nicht wissen, dass das nicht stimmt.

Dann hat sie den Tampon angesehen und gemeint: »Na ja, der ist ja auch ziemlich klein.«

Was sollte das? Wenn ich nur so kleine Tampons brauche, dann habe ich meine Tage noch nicht richtig, oder was? Oder: Je größer der Tampon, desto toller das Mädchen? Das ist ja fast wie bei den Jungs, die messen doch angeblich auch ständig ihren Pimmel.

Oh Mann!

Trotzdem habe ich mich hinterher blöd gefühlt. Total ausgeschlossen, als wäre das ein exklusiver Club: die Frauen, die schon ihre Tage haben. Ich wünschte, ich hätte sie auch endlich.

8. April, Fr.

Julia kam heute noch mal bei mir an. Dass die sich überhaupt getraut hat! Aber sie hat sich entschuldigt und meinte, ich hätte sie falsch verstanden. Dass sie wirklich findet, dass ich gut zeichne.

»Und woher willst du das wissen?«, fragte ich.

Julia kicherte. »Na ja, die Minirock-Schlange zum Beispiel ist echt witzig!«

Und dann kam raus: Sie hat schon öfter meine Heftzeichnungen gesehen, bevor ich sie versteckt habe. Sie sitzt ja schräg hinter mir. Peinlich!

Aber sie sagte, dass sie sich wirklich freuen würde, wenn ich bei der Schülerzeitung mitmache. Und dass sie mir das schon eher hatte sagen wollen, aber ich wäre in den Pausen immer so schnell verschwunden.

Sie war so nett, dass ich doch tatsächlich »Mal sehen« gemurmelt habe. Dabei hab ich ja so was von gar keine Lust auf ihre Zeitung!

Julia hat gestrahlt und gesagt: »Schön, dass du dabei bist.«

Und dann hat sie noch gefragt, ob ich nicht wieder mit ihr und Nadine rauskommen will, aber da hab ich mich schnell verkrümelt. Die Pferdepause neulich hat mir echt gereicht.

Hoffentlich kann ich mich irgendwie vor dieser Schülerzeitungssache drücken.

11. April, Mo.

Ich ertrage den Anblick von Flo und Natascha einfach nicht mehr! Hoffentlich ist es bis zur Party nicht schon zu spät. (Bis jetzt ist Natascha noch nicht eingeladen, soweit ich weiß.)

Wenn Sonja bloß mit mir einkaufen gehen würde! Oder vielleicht sollte ich es doch mal alleine versuchen? Wenigstens haben sie noch nicht geknutscht. Ich habe genau aufgepasst!

Leider wohl ein bisschen zu genau. Heute hat Benny mich ganz eklig angegrinst und gemeint: »Was starrst du denn immer so? Bist du unbefriedigt, weil du keinen Mann hast, oder was?«

Alle haben gelacht, auch Flo und Natascha – die natürlich am lautesten. Klang wie ein wieherndes Pferd. Mann, war das peinlich! Ich hab so geglüht, mit meinem Kopf hätte man einen Winter lang heizen können. Gesagt hab ich gar nichts (Warum fällt mir nie eine coole Antwort ein?), ich hab mich nur umgedreht und bin weg.

Danach hab ich mich im Klo eingeschlossen und geheult. Wie kann man nur so gemein sein? Oder bin das Problem mal wieder ich, weil ich zu verklemmt bin?

Das hab ich hinterher in meinem Heft gefunden:

12. April, Di.

Heute bin ich schon wieder alleine über den Schulhof geschlendert. Zu den Mülltonnenjungs gehe ich bestimmt nicht mehr. Hihi: Mülltonnenjungs – ist das so was wie Müllmänner in klein? Blöder Witz, ich weiß. Dabei ist das Ganze eigentlich überhaupt nicht lustig, Flo ist schließlich auch dabei. Und er hat gestern auch gelacht. Okay, weniger laut als die anderen, und ein bisschen lachen musste er wahrscheinlich. Wer weiß, was Natascha sonst für Sprüche gebracht hätte. Aber wenn ich daran denke, pikst es trotzdem in meinem Herzen.

Na ja, wenigstens gewöhne ich mich langsam an das Alleine-über-den-Schulhof-Gehen. Hauptsache, man tut so, als sei das Absicht, und man gibt auf gar keinen Fall das arme einsame Würstchen.

Irgendwann kam ich an der Turnhalle vorbei, und da saß wieder Nick auf der Mauer. Ich wollte mich gerade verkrümeln, als er hochgeguckt hat. Aber er hat durch mich hindurchgesehen, als ob er mit seinen Gedanken ganz weit weg wäre. Dann hat er wohl gemerkt, dass ihn jemand anstarrt (ich merke so was auch immer) und hat mich entdeckt. Er hat mich angelächelt und »Hi« gesagt, und ich hab mich neben ihn auf die Mauer gesetzt. Dann hab ich ihn gefragt, was er da schreibt, und die Antwort war: Er schreibt Songs. Er spielt nämlich Gitarre, und früher ist er immer mit Jan zusammen in der Fußgängerzone aufgetreten. Ist das nicht cool? Das würde ich mich ja nie trauen. Mir das Lied zeigen wollte er aber nicht.

»Ich spiele es dir vor, wenn es fertig ist«, hat er gemeint, und dabei ist er ein bisschen rot geworden. Nick! Und ich dachte, der ist so cool, der wird nie rot.

Auf jeden Fall finde ich es total schön, dass er mir das Lied vorspielen will. Bin schon ganz gespannt.

13. April, Mi.

Warum ist Nick eigentlich nicht in Flos Band? Wo die beiden doch in die gleiche Klasse gehen. Muss ich ihn das nächste Mal unbedingt fragen.

14. April, Do.

Julia kam heute noch mal bei mir an wegen dieser Schülerzeitung. Montag nach den Osterferien ist die erste »Redaktionssitzung«. Ich glaub ja immer noch nicht, dass sie das wirklich hinkriegt mit der Zeitung, aber hingehen werde ich auf jeden Fall. Denn Flo ist mit dabei! Er soll was über die Arbeit der Schülervertretung schreiben.

Ich hab bloß Angst, dass die zu viel von mir erwarten. Bisher waren mir meine Zeichnungen ja immer nur peinlich. Und sie sind einfach so passiert. Ich hab mich noch nie hingesetzt und gesagt: Ich zeichne jetzt mal dies oder das.

Aber ich freue mich, dass Flo dabei ist. Dann haben wir endlich ein Thema, über das wir reden können. Komisch eigentlich, dass das mit Flo so schwer ist. Aber so ist das wohl, wenn man verliebt ist.

16. April, Sa.

Erster Ferientag. Zeit zum Träumen!

Flo und ich sitzen zusammen vor dem Computer, und ich helfe ihm bei seinem Artikel über die Schülervertretung. Wir diskutieren über Schulpolitik, und er sagt: »Ich bin dir so dankbar, Marie, ohne dich könnte ich den Artikel niemals schreiben!« Dabei sieht er mir ganz tief in die Augen, und in meinem Bauch kribbelt es wie ein riesiger Ameisenhaufen. Dann beugt er sich vor, und seine Lippen berühren meine …

Das ist die neue Version meines Traumes, Traum 2.0, sozusagen. So könnte es doch passieren, oder?

19. April, Di.

Ich war heute bei H&M, um ein sexy Outfit zu kaufen. Für die Party, natürlich, nicht für die Redaktionssitzung. (Da werde ich mich bestimmt nicht so aufstylen!) Flo wird zwar beim ersten Treffen erkennen, dass wir Seelenverwandte sind und dass man mit mir super diskutieren kann, aber wer weiß, ob er sich dabei gleich in mich verliebt? Vielleicht merkt er ja auch erst nur, dass wir gleich ticken, und sieht dann auf der Party, dass ich echt sexy bin, und verliebt sich. Oder so ähnlich.

Jedenfalls war ich heute bei H&M. Alleine, natürlich. Und es war der reine Horror. Knallvoll der Laden, ellenlange Schlangen vor den Kabinen, es war total heiß, und ich hab geschwitzt wie blöde. Und in den Kabinen haben die fiese Spiegel, ich sah aus wie eine Weißwurst in zu enger Pelle. Jedenfalls hoffe ich, dass das am Spiegel lag.

Warum kann Sonja nicht mit mir einkaufen gehen? Die sieht in allem gut aus, was sie anzieht. Da sieht sie doch bestimmt auch, was mir gut steht. Blöde Natascha!

21. April, Do.

Mama hat heute festgestellt, dass Sonja schon lange nicht mehr bei uns war.

»Nee, und die kommt auch nicht mehr«, hab ich gegrummelt.

Mama hat mich ganz erstaunt angeguckt, aber muss ich mich für alles rechtfertigen?

Also hab ich nur gesagt: »Was denn?«

Da fing sie an rumzujammern: »Du erzählst mir gar nichts mehr. Ich weiß überhaupt nicht, wie es dir so geht!«

Ja, da kriege ich natürlich sofort Lust, drauflos zu erzählen.

20:00 Uhr

Was hab ich bloß für 'ne Psychofamilie! Mama hat vorhin total rumgeheult, dass man es durch die ganze Wohnung gehört hat. Dass sie eine schlechte Mutter ist, und sie schafft das alles nicht, und wir haben noch nicht mal ein Zimmer für das Baby, undsoweiterundsofort.

Irgendwie tat sie mir richtig leid. Bis Papa in mein Zimmer kam und »mit mir reden« wollte. Darüber, dass Mama es im Moment nicht so leicht hat. Und dass ich mal ein bisschen netter zu ihr sein soll.

Hallo? Sie ist es doch, die immer Streit anfängt.

Das hat Papa nicht mal geleugnet.

»Es ist für uns alle nicht einfach im Moment«, hat er gesagt. »Gib dir einfach ein bisschen Mühe, okay?«

Da konnte ich ja schlecht nein sagen.

23. April, Sa.

Ich bin die beste Tochter der Welt! Das ist offiziell bestätigt. Von Mama!

Heute bin ich noch mal in der Stadt gewesen, um ein sexy Outfit zu suchen (hat wieder nicht geklappt ☹), und auf dem Nachhauseweg kam ich an diesem Blumenladen vorbei, und die hatten Rosen im Angebot, 10 Stück für 2,99 Euro, also dachte ich mir, das wär doch was für Mama. Wo es ihr im Moment so schlecht geht und so.

Die hat sich vielleicht gefreut!

(Wenigstens eine, die sich freut.)

24. April, So.

Gute Taten belohnt der liebe Gott sofort. Sonja geht mit mir Klamotten kaufen!

Ich war total verzweifelt, weil es alleine nicht geklappt hat, also habe ich sie angerufen. Ich wusste überhaupt nicht, wie ich anfangen sollte, aber sie hat gleich gefragt, ob ich immer noch zur Party komme. Und als ich ja sagte, fragte sie, ob ich schon was zum Anziehen hätte.

Ich: »Nee, ich muss mir noch was kaufen.«

Sie: »Aber schon ein bisschen sexy, oder?«

Ich: »Auf jeden Fall!«

Sie: »Echt? Soll ich mitkommen?«

Ich: »Warum nicht.«

Ha! Sonja geht mit mir Klamotten kaufen!

Ich schenk meiner Mutter gleich noch mal Blumen.

Oder lieber doch nicht, sonst denkt sie noch, sie kriegt jeden Tag welche.

25. April, Mo.

Ich sag zu Mama: »Ich geh mit Sonja Klamotten kaufen«, da sagt sie: »Ich denke, die kommt nicht mehr.«

Und dann wundert sie sich, dass ich plötzlich so pissig bin.

26. April, Di.

19:00 Uhr

Mann, heute ist vielleicht eine Menge passiert!

Erstens: Ich hab das tollste Outfit der Welt.

Ich war nämlich mit Sonja bei H&M. Die war vielleicht in ihrem Element! Ist von Ständer zu Ständer gewirbelt, hat ein Teil nach dem anderen über meinen Arm geworfen, bis der ganz taub war und ich hinter dem Stapel nichts mehr sehen konnte, und dann ab zur Umkleide. Schließlich hat sie für mich ein dunkelrotes, hautenges Shirt mit tiefem Ausschnitt und einer Schnalle zwischen den Brüsten und einen schwarzen Minirock ausgesucht. Ich hab die Frau im Spiegel fast nicht erkannt, so erwachsen und sexy sah ich

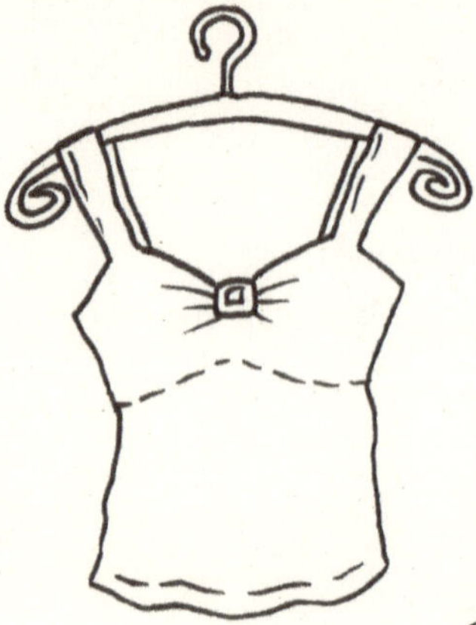

aus. Einfach umwerfend! An der Kasse hat es mich dann auch umgeworfen. Aber was soll's – Hauptsache, Flo verliebt sich in mich.

Und zweitens: Als wir aus dem Laden kamen, saß in der Fußgängerzone ein Straßenmusiker mit Gitarre. Wir sind rübergegangen, um ein bisschen zuzuhören, und dann habe ich sein Gesicht gesehen. Es war Nick.

Er hat mir zugezwinkert, und ich bin knallrot geworden. Dafür hätte Sonja mich gar nicht unbedingt in die Seite stoßen müssen. Nick hat ein total schönes Lied gespielt über einen Jungen, der in ein Mädchen verliebt ist, aber sich nicht traut, es ihr zu sagen. Ich wollte gar nicht wieder weggehen, aber irgendwann hat Sonja gemeint, sie muss los, und ich musste ja auch zum Abendessen zu Hause sein. Also hab ich Nick noch mal zugewunken, und er hat noch mal gezwinkert. (Winken konnte er ja nicht beim Gitarrespielen.) Wenn ich daran denke, hab ich immer noch ein ganz komisches Kribbelgefühl im Bauch. Aber das ist wahrscheinlich nur Hunger, ich hab nämlich beim Abendbrot kaum was runtergekriegt. Ich glaube, ich mach mir lieber noch ein Brot.

20:00 Uhr

Ich hab das Outfit jetzt dreimal an- und ausgezogen. Wirklich ganz schön kurz, der Rock. Und ganz schön tief ausgeschnitten, das Oberteil.

21:00 Uhr

Soll ich das wirklich anziehen?

22:00 Uhr

Vom ewigen An- und Ausgeziehe wird's auch nicht besser. Hab's erst mal ganz hinten in den Schrank gestopft.

27. April, Mi.

Ich war heute bei Sonja. Flo habe ich leider nicht gesehen, aber dafür war Natascha da (kotz). Ich wäre rückwärts wieder rausgegangen, wenn das nicht so auffällig gewesen wäre.

Na ja, jedenfalls ist Sonja immer noch total begeistert von meinem Outfit. Sie kam mit lauter Vorschlägen an, wie sie mich schminken und frisieren will und welche Strumpfhose ich zum Mini tragen soll und so weiter. Natascha ätzte natürlich die ganze Zeit dagegen an, und ich fürchte, in dem Fall hat sie sogar recht. Ich hab ja schon erwähnt, dass ich mich nicht gerade hübsch finde. Mein Gesicht ist ganz okay, jedenfalls wenn ich gerade keine Pickel habe. Aber meine komischen Brüste und der dicke Kugelbauch fallen in den engen Klamotten total auf. Viel mehr als in Jeans.

Ob ich das wirklich zur Party anziehen soll? Was ist, wenn Flo mich darin total hässlich findet?

Andererseits: Wenn ich in Jeans gehe, sieht er mich womöglich gar nicht. Auch nicht besser.

1. Mai, So.

Heute hat Papa den ganzen Tag gemeckert, weil erster Mai ist und gleichzeitig Sonntag und er seinem Chef damit einen Urlaubstag schenkt. Nur kann sein Chef ja gar nichts dafür. Aber als ich das gesagt habe, guckte Papa so grimmig, dass ich mich lieber schnell verkrümelt habe. Einmal interessiere ich mich für seinen Kram, und dann so was!

Dabei ist es mir eigentlich total egal. Selbst, dass die Ferien morgen zu Ende sind, ist mir egal. Nein, stimmt nicht: Ich freue mich, dass sie zu Ende sind! Denn morgen sehe ich Flo wieder. Und zwar nicht nur vor der Schule (vielleicht) und in der Pause (aus der Ferne und mit Natascha – kotz), sondern bei der Redaktionssitzung (ganz für mich alleine). Na ja, nicht GANZ alleine, natürlich, aber auf jeden Fall ohne Natascha.

2. Mai, Mo.

Ich war den ganzen Vormittag total hibbelig, weil ich mich so auf Flo gefreut habe. In der Pause hat er mich zwar kaum beachtet, weil er mit Natascha beschäftigt war, aber heute hat mir das fast gar nichts ausgemacht. Weil ich ja wusste, nachher habe ich ihn für mich.

Als Julia und ich im Redaktionsraum ankamen, war Flo aber noch nicht da. Von wegen Redaktionsraum: Das war natürlich nur ein ganz normales Klassenzimmer, in dem ein Junge und ein Mädchen gerade die Tische an die Wand schoben. Als sie uns sahen, riefen sie fröhlich: »Hallo, Julia!« und stellten sich mir dann vor. Der Junge heißt Paul und geht in die Neunte, und das Mädchen ist Emma aus unserer Parallelklasse.

»Helft ihr uns, einen Stuhlkreis zu machen? Das ist gemütlicher«, sagte Emma. Während wir Tische und Stühle rückten, schielte ich immer wieder zur Tür, aber Flo kam und kam nicht. Stattdessen stand da plötzlich der schleimige Nils. Und Julia begrüßte ihn auch noch ganz fröhlich mit: »Hallo, Nils!«

Die anderen beiden stellten sich vor, und ich murmelte ein gequetschtes »Hallo«. Prompt wurde er wieder rot. Das hatte mir gerade noch gefehlt!

Um Viertel nach zwei sah Julia auf die Uhr.

»Eigentlich wollte Flo auch noch kommen, aber wir fangen am besten schon mal an«, sagte sie.

Wir setzten uns auf die Stühle, und dann wurden die Aufgaben verteilt. Paul und Emma wollen Lehrerinterviews machen, von denen in jeder Ausgabe eines erscheinen soll. Außerdem will Emma sich um die Klassenfahrtberichte kümmern, und Julia stellt die AGs vor und ist für Aktuelles zuständig.

So weit waren wir, als die Tür aufging. Und wer stand da? Natascha.

Alle Köpfe drehten sich in ihre Richtung.

»Können wir dir helfen?«, fragte Julia.

Da tauchte Flo hinter Natascha auf.

»Hi«, sagte er und strich sich durch die braunen Wuschelhaare. Mein Herz schlug einen Purzelbaum.

»Hallo, Flo«, sagte Julia, aber sie klang gar nicht begeistert. »Wir sind schon fast fertig.«

»Macht ja nichts«, strahlte Flo. »Ich wollte euch nur meinen Artikel reinreichen.« Er legte ein paar Zettel auf den Tisch neben der Tür. »Und Natascha hat angeboten, auch was zu schreiben.«

Auch das noch!

»Aha.« Julias Augenbrauen trafen sich fast in der Mitte.

»Ja, ich hab da ein paar coole Ideen«, sagte Natascha und setzte sich auf den letzten freien Stuhl. Wollte die etwa bleiben?

»Was denn für Ideen?«, fragte Paul und legte Julia dabei beruhigend eine Hand auf den Arm.

Natascha schnipste einen Fussel von ihrer glänzenden Strumpfhose. »Na, Mode zum Beispiel, oder Liebestests oder so was.«

»Wir machen hier doch keine Teeniezeitschrift!«, rief Julia.

»Nee, das passt wirklich nicht«, stimmte Emma zu. »Aber vielleicht hast du noch andere Ideen? Du könntest zum Beispiel nächstes Halbjahr etwas über die Projektwoche schreiben ...«

»Projektwoche!? Pah! Dann eben nicht.« Mit vorgeschobener Unterlippe rauschte Natascha ab, und ich musste mir ziemlich das Grinsen verkneifen. Flo grinste auch, aber leider ließ er sich trotzdem von Natascha mitschleifen.

Das war es dann wohl mit Traum 2.0, mit den interessanten Diskussionen und langen Abenden zu zweit vor dem Computer. Stattdessen ... stattdessen erfuhr ich nach Nataschas Abgang, was eigentlich meine Aufgabe sein soll. Und schlimmer hätte es kaum kommen können: Der schleimige Nils soll nämlich eine witzige Rubrik mit Schülertypen schreiben. Ausgerechnet! Der ist doch kein bisschen witzig. Und diese Sachen soll ich illustrieren. Ausgerechnet! (An der Stelle wurde er schon wieder rot – nerv ...) Interessante Diskussionen und lange Abende ... aber doch nicht mit Nils! Oh Gott – das darf Natascha auf gar keinen Fall erfahren, sonst bin ich so gut wie tot! Diese Schülerzeitung ist echt der totale Reinfall.

Bis zum nächsten Mal soll ich eine Probezeichnung machen, »Der Angeber«. Hoffentlich fällt mir bis dahin eine gute Ausrede ein, warum ich nicht mehr mitmachen kann. Ich glaube nämlich nicht, dass Flo sich noch mal blicken lässt. Also gibt es auch keinen Grund, warum ich weiter mitmache.

Außerdem heißt es, dass die Party jetzt wirklich meine letzte Chance bei ihm ist. Einziger Lichtblick: Natascha ist immer noch nicht eingeladen.

4. Mai, Mi.

Heute auf dem Schulhof habe ich Nick gefragt, warum er eigentlich nicht in Flos Band ist.

»Ich fand das Lied total schön, dass du neulich in der Stadt gespielt hast«, sagte ich.

»Danke«, sagte er und malte mit der Schuhspitze Kreise in den Sand. »Aber die Band … nee, lass mal. Früher mit Jan zusammen, das war schon klasse, aber das ist jetzt halt nicht mehr.«

»Aber dann könntest du doch in der Band …«, beharrte ich.

Er sah mich an.

»Ich hab aber keine Lust darauf. Die spielen immer nur so gecoverten Mainstream-Mist. Und mit den Typen kann ich auch nicht viel anfangen.«

Mit den Typen? Er meinte bestimmt den schleimigen Nils.

Dann hab ich ihm erzählt, dass ich mir neulich in der Stadt sexy Klamotten gekauft habe. Und typisch: Er sah grinsend an meiner Jeans hoch und runter und fragte: »Wo sind sie denn?«

»Zu Hause«, sagte ich.

»Trägst du die nur zu Hause, oder was?«

Also hab ich ihm von der Party erzählt. (Ohne den Flo-Teil, natürlich.) Und ich geb's zu: Ich habe ein bisschen angegeben. Ich bin schließlich nicht oft zur Party eines Zehntklässlers eingeladen. (Noch nie, um genau zu sein.)

Aber als ich den Namen Benny erwähnte, zog Nick die Augenbrauen zusammen.

»Benny? Benny aus der Band?«

»Genau!«, rief ich. »Kommst du eigentlich auch?«

Nick guckte noch finsterer als vorher.

»Nein«, sagte er. »Und dafür willst du dich sexy anziehen?«

»Ja, klar. Wieso?«

»Würd ich nicht machen«, sagte Nick.

»Nee, würde auch nicht aussehen«, sagte ich lachend, aber er sah mir in die Augen und sagte: »Ernsthaft nicht.«

Ich spürte, wie meine Wangen zu glühen begannen, und in meinem Bauch kribbelte es ein bisschen.

»Und warum nicht?«, fragte ich.

»Du solltest nicht jedem so viel von dir zeigen«, sagte er, und auf einen Schlag war es vorbei mit dem Kribbeln.

»Das entscheide ja wohl immer noch ich, wem ich was zeige!«, schnappte ich.

»Manchmal weißt du vielleicht nicht, wie das so ankommt«, sagte Nick.

Aber er weiß es, oder was? Das war mir wirklich zu blöd. Und ich hatte gedacht, Nick wäre nett! Ich sprang von der Mauer.

»Klar weiß ich das!«, rief ich, und weil das ziemlich schwach klang, brüllte ich noch ein: »Idiot!« hinterher und stapfte davon. Aus den Augenwinkeln sah ich, wie Laura und Anna mir mit weit aufgerissenen Augen hinterherstarrten. Ganz toll!

Den Klassenklatsch möchte ich gar nicht hören.

In Mathe ist mir dann was Komisches passiert. Ich hab das hier gezeichnet:

Und was soll das jetzt heißen? Dass Nick recht hat, oder was? Oh Mann, sogar mein Unterbewusstsein ist gegen mich.

5. Mai, Do.

Nick glaubt anscheinend, ich will was von Benny. Das ist die einzige Erklärung. Aber warum stört ihn das so? Ist er eifersüchtig? Das würde ja bedeuten, er will was von mir. So ein Quatsch!

Oder ist er sauer, weil er nicht eingeladen ist? Ich hätte echt nicht so angeben sollen mit der Party. Aber dann hätte er doch nicht die ganze Zeit über mein Outfit geredet, oder?

Oder ist er etwa verklemmt? Das kam bisher aber ganz anders rüber.

Oder weiß er etwas über Benny, das ich nicht weiß?

7. Mai, Sa.

Ich hab mein Party-Outfit hinten aus dem Schrank gefischt, und der Rock ist noch kürzer als beim letzten Mal. Und erst der Ausschnitt …

Aber was soll ich machen? Wenn ich sehe, wie Natascha sich in den Pausen an Flo ranschmeißt – das ist echt ekelhaft. Und er wehrt sich noch nicht mal!

Höchste Zeit, dass er erkennt, wer seine wahre Liebe ist.

Mir bleibt nichts anderes übrig: Ich muss das sexy Outfit auf der Party anziehen. Egal, wie tief der Ausschnitt und wie kurz der Rock ist.

Aber vielleicht sollte ich es vorher an jemandem testen? Bloß an wem?

8. Mai So.

16:00 Uhr

Gerade habe ich den Test gemacht, und er ist voll in die Hose gegangen. Okay: Wahrscheinlich hätte ich mir nicht unbedingt meine Eltern als Testpersonen aussuchen sollen. Aber wen sonst?

Ich bin also im sexy Outfit ins Wohnzimmer spaziert, als ob nichts wäre. Und dann saßen da nicht nur Mama und Papa, sondern auch noch Oma. Am liebsten wäre ich gleich rückwärts wieder raus, aber da sie mich schon mal alle anstarrten, musste ich es ja durchziehen. Ich stolzierte also in meinen Hausschuhen (passende Schuhe muss ich mir unbedingt noch besorgen) zur Kaffeetafel und sagte: »Schwarzwälder Kirsch! Kann ich auch ein Stück?«

»Wie siehst du denn aus?«, kiekste Oma, und Papa rief: »Das ist ja wohl nicht dein Ernst!«

Mama starrte mich schweigend an.

Ich nahm mir also ein Stück Torte und sagte: »Wieso?«

»Wie eine Nutte!«, rief Oma. Dass die solche Wörter überhaupt kennt!

»Gertrud!«, rief Mama. »Bitte!«

»Ist doch wahr«, sagte Oma.

»Du redest hier über meine Tochter«, empörte sich Papa.

»Aber wie sie rumläuft!«, rief Oma.

Ich noch mal: »Wieso?«

Mama warf mir einen ihrer finsteren Blicke zu und sagte: »Darüber reden wir später!«

Das war ja so was von bescheuert.

»Da gibt es nichts zu reden«, sagte ich.

»Oh doch, Fräulein, das gibt es«, sagte Papa. Fräulein! Hat der noch nie gehört, dass das sexistisch ist?

»Ich ziehe an, was ich will«, sagte ich und schob mir ein Stück Torte in den Mund.

»Das könnt ihr doch nicht zulassen!«, keifte Oma. Als ob ich gar nicht da wäre.

»Das überlass mal bitte uns«, sagte Mama.

»Nein, mir!«, schmatzte ich mit vollem Mund.

»In dem Aufzug hat sie bald auch einen Braten in der Röhre!« Wieder Oma.

Mama lief knallrot an. »Wieso auch? Was soll das heißen, auch?«

Oma sah sie von unten herauf an (sie ist einen Kopf kleiner als Mama, sonst wäre es von oben herab gewesen).

»Du weißt schon, was ich meine.«

»Nein, weiß ich nicht!«, rief Mama.

»Jetzt lass doch«, sagte Papa. »Wollen wir nicht lieber später …«

Ab da haben sich Mama und Oma nur noch angekeift. Typisch! Dabei ging es doch eigentlich um mich. Ich hab dann die Torte Torte sein lassen und mich unbemerkt wieder rausgeschlichen. Fast unbemerkt, denn als ich die Tür zuzog, bellte Papa hinter mir her: »Das ziehst du sofort wieder aus!«

»Von wegen«, rief ich, aber natürlich hab ich es dann doch ausgezogen. In meinem Zimmer sieht ja eh keiner, was ich anhabe, und meine Jeans ist einfach viel bequemer.

Und was soll das überhaupt heißen: Braten in der Röhre?

19:00 Uhr

Nachdem Oma abgezogen war, hatte Mama mal wieder eine Krise. Wahrscheinlich war die Wohnzimmertür offen, ich hab nämlich alles gehört.

»Ich dachte, sie freut sich auf das Baby«, schluchzte Mama.

»Tut sie ja auch«, brummte Papa.

»Freust du dich denn auf das Baby?«

»Natürlich«, brummte Papa.

»Ich freu mich auch«, schluchzte Mama.

An mich dachte natürlich wieder keiner.

»Und Marie?«, schluchzte Mama.

Also doch.

»Na ja, Marie …«, brummte Papa.

»Marie freut sich gar nicht«, schluchzte Mama.

»Na ja«, brummte Papa.

Wo Mama doch eh schon am Schluchzen war. So ein Idiot!

Ich bin also rübergestürmt und hab gebrüllt: »Na klar freu ich mich!«

War ja auch nur halb gelogen. Dann war ich auch schon wieder weg.

Danach war das Schluchzen leiser, und das lag nicht nur daran, dass ich die Wohnzimmertür hinter mir zugeknallt habe.

19:30 Uhr

Ich hab mich in Papas Arbeitszimmer geschlichen und es gegoogelt: Der Braten ist das Baby. Und wenn jemand einen Braten in der Röhre hat, ist er schwanger. Beziehungsweise sie. Oma meint also, wenn ich mein sexy Outfit anhabe, bin ich auch bald schwanger. Die hat sie ja wohl nicht mehr alle!

9. Mai, Mo.

Ich kann machen, was ich will, es geht mir nicht mehr aus dem Kopf. Auch wenn es nur von meiner bescheuerten Oma kommt. Wenn man sich sexy anzieht, heißt das, man will Sex? Ich meine, da kommt das Wort ja schließlich her.

Was mache ich bloß, wenn Flo mich in dem Outfit auf der Party sieht und dann Sex mit mir haben will?

10. Mai, Di.

Ich wollte jemanden fragen, die sich damit auskennt. Sonja natürlich. Also hab ich sie gefragt, ob sie mit Benny auch mehr als knutschen würde. Ich dachte, da bin ich auf der sicheren Seite, und sie sagt garantiert nein.

Aber sie zwinkerte mir zu und sagte: »Wer weiß?«

Ich hoffe, das war nur, weil Natascha grinsend danebenstand!

Obwohl sie vor unserer Sauna-Aktion ja auch schon so komische Andeutungen gemacht hat.

11. Mai, Mi.

Sie meint bestimmt nur ein bisschen anfassen und so. Das würde ich gaaaanz eventuell auch machen. Ich meine, weil Flo ja schon 16 ist.

Aber sie meint ganz bestimmt nicht richtigen Sex.

Oder?

12. Mai, Do.

Ich hab sie noch mal gefragt. Natascha stand zwar schon wieder daneben, aber es hat mir einfach keine Ruhe gelassen.

Und was hat Sonja gesagt?

»Ich hab die Kondome schon besorgt.«

Dabei hat sie doch gerade erst ihren ersten Pimmel gesehen, und geknutscht hat sie auch noch nie! (Oder hat sie inzwischen? Aber das hätte sie mir garantiert erzählt … oder?)

Und jetzt will sie gleich mit Benny ins Bett?

Als ich sie mit großen Augen anstarrte, fing sie an zu lachen.

»Das war ein Witz, Marie!«, gackerte sie.

Natascha hat sich fast weggeschmissen. Aber ich fand das gar nicht lustig.

14. Mai, Sa.

Ich hatte gerade Sex. Kein Scherz! Und es war auch nicht das erste Mal … ich hab fast jeden Tag Sex!

Es ist nämlich so: Wenn ich Rasputin in seinem Käfig streichle, dann drückt er sich manchmal richtig fest gegen meine Hand, schleift dabei seine Hoden über die Streu und gurrt ganz eigenartig. Und eben hab ich gemerkt: Der hat einen Orgasmus! Und zwar seit zwei Jahren so gut wie jeden Tag.

Krass, oder?

16. Mai, Mo.

Heute war die zweite Redaktionssitzung. Das ist mir in der dritten Stunde wieder eingefallen, und ab da habe ich nach einer Ausrede gesucht. Aber obwohl mein Kopf kurz vorm Rauchen war, hab ich keine gute Ausrede gefunden. Deshalb wollte ich mich nach der letzten Stunde einfach schnell verkrümeln, so nach dem Motto: Ups, da hab ich gar nicht dran gedacht. Ich war schon fast aus der Klasse, als mich jemand am Ärmel festhielt. Julia.

»Heute ist Redaktionssitzung«, sagte sie. »Hast du das vergessen? Wir brauchen dich doch!«

Sie sah so enttäuscht aus, dass ich »Nein«, gemurmelt hab. Außerdem bestand ja immer noch eine klitzekleine Chance, dass Flo doch noch mal kommen würde. Schließlich hatte er entschuldigend gegrinst, als Natascha ihn letztes Mal aus dem Raum geschleift hatte.

Aber Flo war natürlich nicht da, als wir in den Redaktionsraum kamen. Nur Paul und Nils, und kurz darauf kam Emma mit wehenden Haaren hereingestürmt und setzte sich auf den letzten, freien Platz. Obwohl ich mir ein bisschen doof vorkam, fragte ich zur Sicherheit noch mal:

»Kommt Flo eigentlich auch?«

»Garantiert nicht«, grinste Paul. »Der muss doch machen, was seine Tussi sagt!«

Julia warf ihm einen vorwurfsvollen Blick zu.

»Ich habe ihn gefragt, aber er meinte, wir hätten ja seinen Text«, sagte sie und hob ein paar Zettel hoch. »Fünf Seiten! Das ist viel zu viel.«

Dann sah sie wieder Paul an, der immer noch grinste.

»Das kannst du ja mal zusammenkürzen auf … sagen wir, eine Seite.«

Pauls Grinsen schrumpfte plötzlich, aber er nickte.

»Gut, dann lasst uns anfangen«, sagte Julia. »Was habt ihr bisher gemacht?«

Paul hatte Frau Grote interviewt, und Emma erzählte, wie viele Klassenfahrtberichte sie schon zusammenhatte. Sie war gerade bei einer Klassenfahrt nach Oberhavel, da fiel es mir ein: Ich hatte ja eine Probezeichnung machen sollen. Was war das noch? Der Angeber. Meine Wangen glühten. Wie sollte ich bloß erklären, dass ich keine hatte? Wo sich alle anderen so viel Mühe gegeben hatten?

Nils fing an, seinen Angebertext vorzulesen, und das lenkte mich ab. Denn (kaum zu glauben) der war total witzig! An ein paar Stellen mussten wir laut lachen, und – keine Ahnung, warum – plötzlich musste ich an Benny denken. Benny – da war doch was? Ich wühlte in meinem Rucksack, und gerade, als Julia sagte: »Ich bin echt gespannt auf Maries Zeichnung dazu«, da hab ich sie gefunden. Die Zeichnung von Benny. Den Affen mit der Lederjacke aus meinem Englischheft.

»Mister dicke Hose«, kommentierte Paul, als ich sie hochhielt, und Julia meinte: »Ich hab's doch gesagt! Du hast es echt drauf, Marie!«

Alle nickten, und ich bekam ein ganz warmes Gefühl im Bauch. So was hab ich schon lange nicht mehr gehabt.

Jetzt hab ich richtig Lust, die anderen Zeichnungen zu machen. Den Streber, den Klassenkasper (da brauch ich ja nur an Kevin zu denken), das Mauerblümchen und die Klassenschönheit. Mehr sind uns noch nicht eingefallen, aber für die ersten Ausgaben reicht's, meinte Julia grinsend.

Vielleicht ist das mit der Schülerzeitung doch nicht so doof, wie ich dachte.

17. Mai, Di.

Heute hab ich Nick noch mal auf dem Spielplatz abgepasst, da kann man einfach ungestörter reden als auf dem Schulhof. Und eigentlich wollte ich es ja unauffällig einfädeln, aber dann ist es doch rausgeplatzt:

»Wie hast du das eigentlich gemeint, neulich? Dass ich mich für Bennys Party nicht sexy anziehen soll?«

Darüber habe ich nämlich seitdem immer wieder nachgedacht. Es passt einfach überhaupt nicht zu Nick, so was zu sagen.

»Genau so«, sagte Nick.

»Ja, aber warum?«

Er seufzte. »Das ist ein bisschen schwer zu erklären …«

»Versuch's!«

Er sah mir in die Augen.

»Aber nicht wieder weglaufen, versprochen?«

»Okay«, sagte ich und merkte, wie meine Wangen mal wieder warm wurden.

Nick schaukelte vor und zurück. So lange, dass ich schon überlegte, ein zweites Mal zu fragen. Aber dann fing er doch noch an. Er meinte, er hätte einfach schon oft gehört, wie Benny so über Mädchen spricht.

»Und das ist alles?«, fragte ich.

Nick verzog den Mund. »Du warst ja noch nie dabei«, sagte er. »Was da in der Umkleide nach dem Sport so abgeht …«

»Na ja, trotzdem«, sagte ich.

»Und er hatte schon verdammt viele Freundinnen, aber keine länger als ein bis zwei Wochen. Wenn der eine heiße Frau sieht, dann will er doch nur das Eine von ihr!«

»Na ja«, sagte ich.

»Versprich mir, dass du dich nicht so sexy anziehst, wenn du da schon hingehen musst«, sagte er, und dabei sah er mich so intensiv an, dass ich fast ja gesagt hätte. Aber es ging doch um mich und Flo!

Also murmelte ich: »Mal sehen« und verkrümelte mich mit einer lahmen Ausrede.

Keine Ahnung, warum Nick diese Sache so wichtig ist. Aber was soll's: Erstens wird er nie erfahren, was ich auf der Party anhatte, und zweitens will ich ja nichts von Benny, sondern von Flo.

Nur: Was ist, wenn er recht hat? Ich glaube kaum, dass Sonja eine Ein-Wochen-Freundin sein will. Selbst wenn sie mit Benny ins Bett gehen sollte.

Aber wie bringe ich das rüber, ohne dass sie gleich wieder sauer wird?

18. Mai, Mi.

Gar nicht. Ich hätt's mal lieber gelassen. Sie hat mir sogar unterstellt, ich will selber was von Benny! So ein Schwachsinn.

Da musste ich ihr ja von Nick erzählen, obwohl ich ihn eigentlich aus der Sache raushalten wollte. Und prompt ging sie noch mehr in die Luft und behauptete, Nick sei ja nur neidisch auf Benny.

»Ist er gar nicht!«, rief ich.

»War ja klar, dass du das sagst«, meinte Sonja.

Was sollte das nun wieder heißen?

»Aber stört es dich denn nicht, dass er schon so viele Freundinnen hatte?«, versuchte ich es noch einmal.

Sonja pustete eine Staubfluse vom Fingernagel.

»Da war eben die Richtige noch nicht dabei«, schnappte sie.

»Und das bist du, oder wie?«

»Genau«, sagte Sonja und sah mich herausfordernd an.

Ich gab auf.

19. Mai, Do.

Achtung, jetzt wird's kompliziert: Wenn Nick meint, ich soll mich nicht sexy anziehen, damit ich nicht mit Benny zusammenkomme, dann heißt das doch: Mit einem sexy Outfit kommt man mit einem Jungen zusammen. Also auch mit Flo!

Kommt zwar nur von Nick, aber es ist immerhin die Meinung eines Jungen.

Und Flo ist ja auch kein Ein-Wochen-Typ wie Benny. Wenn wir zusammenkommen, dann für immer.

Also geh ich in dem Outfit.

Beschlossen!

20. Mai, Fr.

Da sitzt man beim Frühstück, starrt auf seinen Marmeladentoast

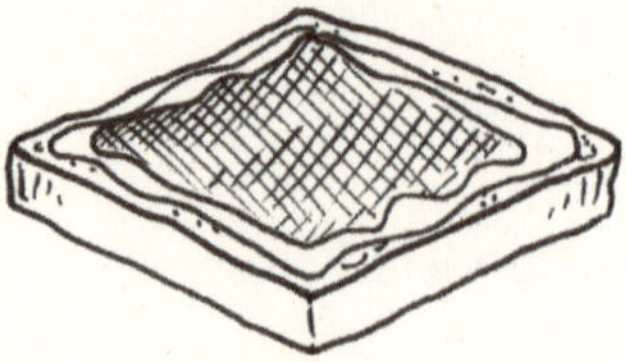

und versucht mühsam, die Augen offen zu halten, und plötzlich fangen Mama und Papa an darüber zu diskutieren, ob man Babyscheiße besser mit Öl wegwischt oder mit Wasser. Die machen nämlich schon wieder irgend so einen Kurs.

Außerdem pupst Mama die ganze Zeit. Und es ist ihr nicht mal peinlich!

»Das liegt daran, dass das Baby den Darm beiseiteschiebt«, hat sie mir erklärt und gegrinst.

So genau wollte ich das gar nicht wissen.

21. Mai, Sa.

Man muss zwar Sex haben, um ein Baby zu machen, aber danach hat man garantiert keinen mehr.

22. Mai, So.

Der Klassenkasper ist fertig! Die Zeichnung für die Zeitung. Morgen ist wieder Redaktionssitzung, und bis heute hatte ich noch gar nichts gemacht. Ich hab mich gedrückt, weil ich Angst hatte, es geht schief. Weil ich doch noch nie etwas absichtlich gezeichnet habe. Aber morgen ganz ohne was dazustehen ging ja auch nicht, wo mich letztes Mal alle so gelobt haben.

Also habe ich vorhin meinen Schreibtisch leergeräumt. Darauf ist immer das totale Chaos, aber ich hab einfach alles auf mein Bett geschmissen. Dann hab ich weißes Papier und einen Bleistift geholt und mich hingesetzt. Nur: Mir fiel überhaupt nichts ein. Das Einzige, woran ich immer denken musste, waren die erwartungsvollen Blicke der anderen. Rasputin gurrte leise in seinem Käfig und raschelte mit der Streu, draußen hupte ein Auto, und Mama klapperte in der Küche mit Geschirr. Normalerweise höre ich das alles gar nicht, aber heute hat es mich fast wahnsinnig gemacht. Ich dachte schon, es klappt gar nicht mehr.

Also habe ich mich selber ausgetrickst: Ich hab mein Englischheft geholt und den weißen Zettel reingelegt (damit ich nicht wieder eine Seite rausreißen muss), und dann hab ich mir ganz fest vorgestellt, ich wäre gerade in der Schule und Kevin macht dumme Witze. Und plötzlich – schwupp! – hatte ich ein Bild vor Augen. Ich WUSSTE ganz einfach, wie der Kasper aussehen muss. Klar hatte ich ein bisschen Angst, ob ich es wirklich so hinbekomme, aber es ist ziemlich gut geworden, finde ich!

23. Mai, Mo.

Ich habe gestern noch die halbe Nacht weitergezeichnet, und die Schülertypen sind alle fertig. Cool, oder? Und heute bei der Redaktionssitzung fanden die anderen sie richtig gut.

Nils hat die Texte dazu mitgebracht und an alle in Kopie verteilt. Er war total unsicher und hat sich dreimal dafür entschuldigt, dass er nicht weiß, ob das so okay ist. Ich hab sie gerade gelesen, und die sind richtig witzig, genau wie der erste. Aber das werde ich ihm bestimmt nicht sagen, sonst denkt er wirklich noch, ich will was von ihm.

Danach haben wir überlegt, wie die Zeitung heißen soll. Vorschläge waren *Applaus!* (so wie *Bravo!*), *Goethe-Gazette* (weil wir ja auf die Goethe-Schule gehen) und *Die spitze Feder*. Aber irgendwie war es das noch nicht. Also wollen wir uns bis zum nächsten Mal jeder ein paar neue Vorschläge ausdenken.

Und dann hab ich Julia noch gefragt, warum Nadine eigentlich nicht bei der Zeitung mitmacht. Sonst kleben die beiden schließlich immer zusammen. Sie hat ganz komisch den Mund verzogen und gesagt: »Die hat keine Lust.«

Da hab ich lieber nicht weiter nachgefragt.

Als ich hinterher nach Hause kam, wollte Mama wissen, wo ich so lange gewesen bin. Kriegt sie jetzt Kontrollzwang? Also hab ich ihr grummelnd erzählt, dass ich bei der neuen Schülerzeitung mitmache, und plötzlich war sie ganz begeistert. Sie hat mit leuchtenden Augen erzählt, dass sie früher auch für die Schülerzeitung geschrieben hat. Die ganze Zeit redet sie nur vom Baby und fragt nicht ein einziges Mal, wie es mir geht, und jetzt das!

»Ich schreibe nicht, ich zeichne«, habe ich gesagt, und da war sie noch begeisterter.

Immerhin habe ich geschaltet und gefragt, wie ihre Zeitung damals hieß. »Papyrus«. Total möchtegern-schlau. War ja klar.

Abends hat sie dann Papa von »Maries Schülerzeitung« vorgeschwärmt.

»Jetzt hör aber mal auf!«, hab ich geschnauzt, schließlich ist das Julias Zeitung und nicht meine.

Papa verzog das Gesicht. »Neulich hast du dich noch beschwert, dass wir uns nicht für dich interessieren«, maulte er.

»Ja, in letzter Zeit bist du wirklich ein Fragezeichen für mich«, sagte Mama. »Das ist wohl die Pubertät.«

Da hab ich mich lieber verkrümelt, bevor sie mich noch weiter analysieren.

Aber ein Gutes hatte das Ganze: »Das Fragezeichen« ist doch ein supercooler Name für die Schülerzeitung!

24. Mai, Di.

Julia findet »Das Fragezeichen« super.

»Wir fragen, was sich sonst keiner zu fragen traut. Und wir stellen alles infrage«, philosophierte sie und setzte gleich eine Sonder-Redaktionssitzung an.

Jetzt heißen wir also »Das Fragezeichen«.

Und das ist unser Logo:

(Cool, oder? Ist natürlich von mir. *grins*)

25. Mai, Mi.

Flo hat Natascha zu Bennys Party eingeladen! Ich glaub's ja nicht.

Er sagt zu ihr: »Bennys Party wird echt cool.«

Darauf sie: »Tja, ich bin leider nicht eingeladen.«

Er: »Wieso denn nicht? Benny! Warum hast du Natascha nicht eingeladen?«

Benny: »Hab ich nicht? Aber scharfe Schnecken dürfen immer kommen!«

Natascha hat gestrahlt wie ein Atomreaktor, und in der nächsten Pause haben sie und Sonja wie irre die PINK gewälzt, und dabei flogen Wörter wie »Styling«, »sexy« und »Eyeliner« durch die Luft wie dicke Hagelkörner.

Das darf doch alles nicht wahr sein! Die Party war meine letzte Chance, Flo noch zu kriegen. Was mache ich jetzt nur? Ich kann doch nicht einfach zusehen, wie die doofe Kuh mir meine große Liebe wegnimmt!

Es gibt nur eine Lösung: Natascha muss verschwinden.

26. Mai, Do.

18:00 Uhr

Ich hab die ganze letzte Nacht wach gelegen und gegrübelt, wie ich Natascha von der Party fernhalten kann.

Eine E-Mail oder SMS fälschen, in der steht, dass die Party ausfällt – oder noch besser: dass sie ganz woanders stattfindet? Oder erst einen Tag später! Aber dafür müsste man sich mit Computern und Technik besser auskennen als ich. Außerdem habe ich weder Bennys Mailadresse noch seine Handynummer, und von ihm müsste die Info ja schließlich kommen.

Einen Sack über den Kopf und so lange in einen Schuppen sperren, bis die Party vorbei ist?

Einen Unfall arrangieren, bei dem sie sich den Knöchel verstaucht, sodass sie nicht mehr auf Stöckelschuhen trippeln kann?

Oder einfach ihren Lippenstift verstecken, sodass sie den ganzen Abend sucht und die Party verpasst?

Alles Quatsch.

Irgendwann zwischen drei und vier bin ich zu Papas Computer geschlichen und habe im Internet fiese Sachen gegoogelt. Und um halb fünf hab ich einen Voodoozauber gefunden, der Unglück bringen soll. Eigentlich glaube ich ja gar nicht an so was, aber egal. Den probiere ich jetzt an Natascha aus.

Man soll aus Wachs eine Puppe formen, die dem »Opfer« möglichst ähnlich sieht, deshalb habe ich schon mal Mamas Weihnachtskerzen rausgekramt. Das mit der Ähnlichkeit ist ja kein Problem: große Brüste und ein gaaanz kleiner Kopf. Hihi!

(Böse sein macht richtig Spaß!)

19:00 Uhr

Die Kerzen lassen sich überhaupt nicht verformen. Ich hab versucht, sie über einem Feuerzeug weich zu machen, aber dabei hab ich mir nur die Finger angekokelt.

Dabei soll doch Natascha leiden und nicht ich!

21:00 Uhr

Ich hab jetzt mit einem Schälmesser so lange an der Kerze rumgeschnippelt, dass sie wie eine Figur aussieht. Okay, man braucht ein bisschen Fantasie, und Natascha hat auch keine kleinen, goldenen Sternchen am ganzen Körper – aber das mit dem kleinen Kopf hat geklappt!

Was kommt als Nächstes? Iiiiih! Man soll die Figur mit Blut beschmieren. Mir wird doch immer schlecht, wenn ich Blut sehe! Da steht, Menschen- oder Tierblut. In den eigenen Finger ritzen, das schaffe ich nicht, da falle ich um. Und Rasputin – nicht mal dran denken!

Was mache ich jetzt bloß?

22:00 Uhr

Ha! Ich habe einfach was von dem Theaterblut genommen, mit dem Papa beim letzten Halloween sein Vampirskostüm aufgepeppt hat. Sieht täuschend echt aus. Boah – ich glaub, mir wird schlecht.

23:00 Uhr

Das Werk ist vollbracht. Möge alles Unglück dieser Welt über Natascha kommen!

(Oder wenigstens so viel, dass Flo sie nicht mehr beachtet.)

Ich konnte mich nicht entscheiden, welches Unglück, also habe ich ganz allgemein an Unglück gedacht. Möge das Schicksal entscheiden!

(Eigentlich glaube ich ja immer noch nicht an den Kram.)

27. Mai, Fr.

Es hat nicht geklappt. Natascha ist aufgebrezelt und glupschäugig wie immer.

Hat nur ein paarmal geniest, das war alles.

Ich dafür todmüde. Zum Glück ist morgen Samstag.

30. Mai, Mo.

13:30 Uhr

Ach du Scheiße!

Es hat doch geklappt.

Natascha war nicht in der Schule, weil sie Grippe hat.

Aber anstatt mich zu freuen, fühle ich mich irgendwie mies.

14:00 Uhr

Ich hab's gegoogelt: Von Grippe kann man total fiese Sachen kriegen. Gehirnentzündung und so. Wie konnte ich nur so was Böses tun? Selbst wenn es um die doofe Natascha geht.

Dabei dachte ich doch, es klappt gar nicht!

Und das Schlimmste ist: Ich kann mich doch jetzt nicht an Flo ranmachen und einer Todkranken den Freund ausspannen.

Was mach ich nur?

16:00 Uhr

Moment mal, was hab ich denn da geschrieben? Eigentlich hat SIE doch MIR Flo ausgespannt. Also kann ich ihn mir jetzt auch zurückholen, todkrank hin oder her! Und so richtig todkrank ist man mit Grippe ja auch nicht.

Trotzdem fühle ich mich immer noch schlecht.

Nie wieder Voodoo!

1. Juni, Mi.

Heute in der Pause war ich auf Toilette, und meine ganze Unterhose war braun. Kackbraun. Da bekam ich ganz schön Panik. Ist der Voodoozauber zurückgeschlagen, und jetzt laufen böse Säfte aus mir heraus? (Oh Mann, ich hätte echt nicht so lange im Internet surfen sollen!)

Ganz ruhig, Marie. Das ist doch alles Quatsch. Nur: Was mache ich jetzt? Mein Blick fiel auf das Toilettenpapier. Grau und steinhart, aber besser als nichts. Ich rollte eine lange Schlange ab und stopfte mir das Zeug in die Unterhose. Fühlte sich echt blöd an mit so einer Wurst zwischen den Beinen.

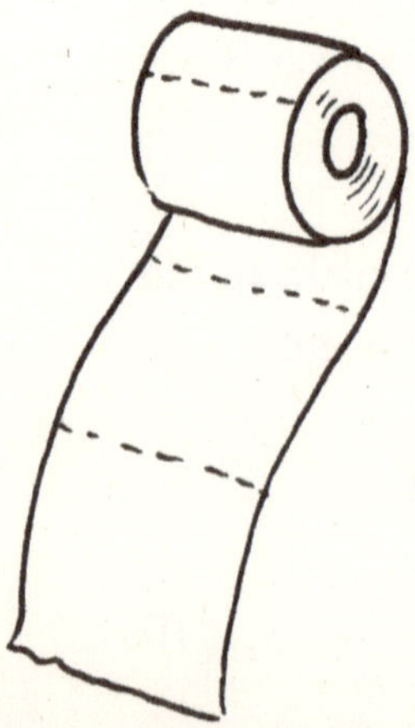

In der nächsten Pause war das Toilettenpapier braunrot. Rot? Ich klatschte mir mit der Hand an die Stirn. Was war ich doch blöd! Mit Voodoo hatte das garantiert nichts zu tun. Ich habe endlich meine Tage bekommen! Mit einer neuen Toilettenpapierwurst zwischen den Beinen rannte ich zurück ins Klassenzimmer und holte einen Tampon aus meiner Federtasche.

Zurück in der Klokabine packte ich ihn ganz ehrfürchtig aus. Jetzt war ich eine Frau. Reif und erwachsen. Kein Kind mehr.

Die Ehrfurcht war allerdings auf einen Schlag vorbei, als ich versuchte, das Ding in mich reinzuschieben. Im Stehen ging es nicht. Im Hocken auch nicht. Ich versuchte es in allen möglichen Winkeln, unser Mathelehrer wäre stolz auf mich gewesen. Aber egal, wie sehr ich drückte und schob: nichts zu machen. Also wieder Toilettenpapier für die letzten drei Stunden.

Zu Hause habe ich dann die Tamponpackung rausgeholt und die Anleitung durchgelesen. Alles gaaaanz einfach, stand da. Jede Frau kann Tampons tragen undsoweiterundsofort. Bei mir ging es aber immer noch nicht. Irgendwann war ich total verzweifelt und hab beschlossen, Mama zu fragen. Die war ganz aus dem Häuschen.

»Meine Große!«, hat sie gerufen und mich geknuddelt. Dann hat sie mich wehmütig angeguckt. »Das ist noch gar nicht lange her, da warst du ein winziges Baby, und jetzt …«

»Jaja«, sagte ich. »Alles schön und gut, aber das Ding geht nicht rein.«

»Hast du es schon mal im Liegen versucht?«, fragte Mama.

Also probierte ich es im Liegen, und Mama gab so hilfreiche Ratschläge wie: »Entspann dich einfach!«

Aber wie soll man sich dabei entspannen? Wenn alle Tampons benutzen können, selbst die doofe Natascha (die wahrscheinlich sogar in XXL), nur ich nicht?

Irgendwann ist Mama rausgegangen, und nach einer Stunde versuchte ich es noch mal, dabei habe ich eigentlich gar nicht mehr daran geglaubt, dass es klappt. Und plötzlich – flutsch – war er drin. Vielleicht ist doch was dran an der Sache mit der Entspannung.

2. Juni, Do.

Heute hat es auch auf der Schultoilette geklappt. Ich hatte zwar zur Sicherheit auch eine Binde dabei, weil man sich da ja nicht hinlegen kann (selbst, wenn genug Platz wäre: auf den Fliesen? BÄH!), aber nach ein bisschen Gefummel ging es auch im Hocken. Wenn man erst mal weiß, wohin der Tampon muss, ist es gar nicht mehr so schwer.

Trotzdem: Warum war ich noch mal so scharf darauf, meine Tage zu kriegen? Im Moment ist es einfach nur nervig, ständig die Tampons zu wechseln. Ich habe echt Angst, dass ich es mal vergesse und dann plötzlich einen braunen Fleck in der Jeans habe. Wobei das mit einem Rock ja noch blöder wäre, wenn man plötzlich anfängt zu tropfen.

3. Juni, Fr.

Natascha fehlt immer noch, und wenn ich an den Voodoozauber denke, kriege ich jedes Mal eine Gänsehaut. Andererseits: Wo sie jetzt schon mal krank ist, da kann sie doch eigentlich auch bis zur Party fehlen, oder? Dauert Grippe zwei Wochen? Sie muss ja nicht furchtbar leiden, nur ein bisschen krank sein …

Sonja nimmt es übrigens relativ locker, dass Natascha ausfällt. Sie hat ja mich, an der sie sich austoben kann.

Nicht nur, was das Outfit angeht.

»Kommt dein Nick eigentlich auch zu Bennys Party?«, hat sie mich heute gefragt.

Die ist ja so was von auf dem falschen Dampfer!

»Das ist nicht MEIN Nick«, grummelte ich.

Sonja verdrehte die Augen.

»Also kommt er nun oder nicht?«

»Nee, der kommt nicht«, brummte ich.

»Ich dachte, deswegen wolltest du unbedingt ein neues Outfit haben«, sagte sie.

Ich starrte sie finster an, und sie wechselte schnell das Thema.

»Wegen des Schminkens: Ich komm dann am Samstag um sechs zu dir.«

»Wieso zu mir? Ich dachte, wir machen das bei dir!«, rief ich. Schließlich sollen weder Mama noch Papa unsere Outfits zu sehen kriegen (Sonjas ist garantiert noch heißer als meins).

»Nee, bei mir geht's nicht«, sagte Sonja. »Meine Mutter hat ihre Ladies Night.«

Das war echt ein Grund, nicht zu ihr zu gehen. Ich habe die Ladies ihrer Mutter nämlich schon mal erlebt: Eine Frau mit dunkelbrauner Lederhaut und rotem Lippenstift hat mich »Süße« genannt, und eine andere hat mir in die Wange gekniffen und gesagt: »Diese Haut! Zart wie ein Babypopo!« Ich kam mir vor wie eine Kuh, die versteigert werden soll. Die Ladies müssen uns echt nicht beim Stylen zusehen!

»Also, was ist?«, fragte Sonja. »Soll ich dich nun schminken oder nicht?«

»Klar«, sagte ich schnell. Nicht, dass sie es sich noch anders überlegte.

»Dann um sechs bei dir.«

Die Party fängt doch erst um acht an … wieso sie so lange braucht, möchte ich echt mal wissen.

Oder nein, ich will's lieber doch nicht wissen.

Und wie schaffe ich es bloß, dass Mama und Papa uns nicht sehen?

6. Juni, Mo.

Mit meinem Traum stimmt was nicht. Flos Augen waren gestern Abend auf einmal blau. Ich hab mich echt angestrengt, sie grün zu machen, aber sie ploppten immer wieder zurück zu blau. Ein echter Blinklicht-Traum! Schließlich hab ich's aufgegeben.

7. Juni, Di.

Ich habe einen Pickel.

Eine riesige, rote Beule mitten auf dem Kinn.

Und das vier Tage vor der Party!

8. Juni, Mi.

7:00 Uhr

Der Pickel ist noch weiter geschwollen. Jetzt ist er mindestens so groß wie der Mount Everest. Und was noch viel schlimmer ist: Oben drauf ist ein gelber Eiterpunkt. Bäh!

So kann ich doch nicht zur Schule gehen!

7:15 Uhr

Mama ist eine doofe Kuh. Ich hab gesagt, mir geht's irgendwie nicht so gut, aber sie hat sich geweigert, mir eine Entschuldigung zu schreiben. Und anstatt zu sagen: »Mein armes Mädchen, was hast du denn?«, wie das jede gute Mutter getan hätte, hat sie nur gemeint, ein Pickel ist kein Drama. Dabei hab ich den Pickel gar nicht erwähnt! Ich soll mich nicht so anstellen, sie hätte ja im Moment auch ständig welche.

Na und? Das ist doch nicht das Gleiche!

16:00

Ich bin heute den ganzen Tag mit so einem Monster von Schal rumgerannt. Alle dachten, ich hätte Halsweh, weil ich den bis über das Kinn hochgewickelt hatte.

Nach der Schule bin ich zum Drogeriemarkt gerannt und hab alles gekauft, was es gab: Reinigungsgel, Gesichtswasser, Peeling, Maske und Pickel-weg-Stift.

Hoffentlich hilft's.

18:00 Uhr

Bin jetzt mit allem durch.

Pickel unverändert.

Pickel-weg-Stift! Dass ich nicht lache!

19:00 Uhr

Hab Mamas Kamillenteebeutel geholt. Im Internet steht, das soll helfen.

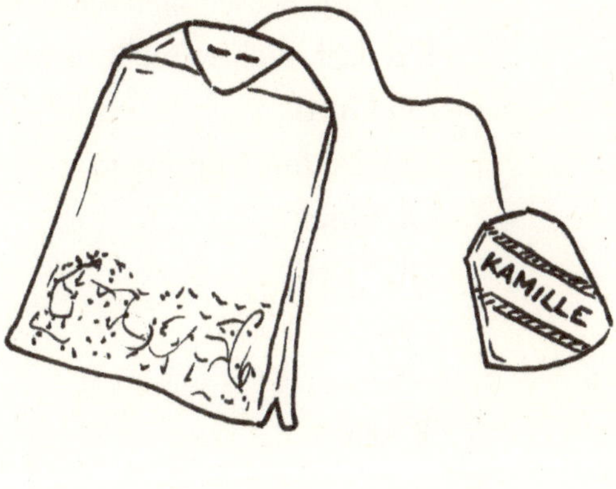

20:00 Uhr

Pickel unverändert.

Muss noch mal ins Internet.

21:00 Uhr

Zahnpasta auf Pickel geschmiert. Brennt wie Hölle.

Pickel viel röter als vorher.

22:00 Uhr

Am Pickel rumgedrückt. Ja, ich weiß, das soll man nicht, aber wenigstens ist der Eiter weg.

22:30 Uhr

Anschiss von Mama wegen der doofen Teebeutel. Vielleicht hätte ich doch nicht alle nehmen sollen. Aber ich dachte, nachdem der Erste nicht geholfen hat …

23:00 Uhr

Der Pickel kommt bestimmt von dem ganzen Stress, den mir alle machen. Und jetzt ist er auch noch oben verkrustet. Ganz toll! Da sieht man doch gleich, dass ich dran herumgedrückt habe.

Was mach ich nur?

Ich kann doch so nicht zur Party.

Und mit Riesenschal kann ich da auch nicht hin.

Flo darf mich so nicht sehen!

Oh Gott!

Er wird immer größer.

Oh Gott!

Oh Gott!!

OH GOTT!!!

23:30 Uhr

Bin völlig kaputt.

WO IST DER SCHAL?

9. Juni, Do.

Ich hab Sonja auf dem Schulklo den Pickel gezeigt. Sie meinte, sie hätte sich so was schon gedacht. Da hab ich vielleicht einen Schreck gekriegt! Am Ende wissen alle, warum ich den Schal umhabe. Aber Sonja glaubt nicht, dass die anderen was gemerkt haben. Puh.

Dann hab ich sie gefragt, was man da machen kann. Sie hat sich auf die Lippe gebissen, da wusste ich, es ist ernst. Schließlich hat sie mir nacheinander die Dinge empfohlen, die ich gestern schon gemacht habe.

Aber ich hab nicht locker gelassen, und schließlich meinte sie, wahrscheinlich schafft sie es, den Pickel zu überschminken. Auch, wenn er bis übermorgen nicht kleiner geworden ist.

Ein Glück.

Danach bin ich mit Schal zur Redaktionssitzung. Julia hat mich ganz besorgt angesehen und gefragt, ob ich krank bin, aber ich hab nur mit finsterem Gesicht den Kopf geschüttelt.

Das erste *Fragezeichen* soll in dreieinhalb Wochen erscheinen. Noch jede Menge Arbeit bis dahin. Allerdings hauptsächlich für die anderen, meine Zeichnungen sind ja schon fertig. Erst am Erscheinungstag muss ich wieder ran, Zeitungen verkaufen. Ich bin richtig aufgeregt, wenn ich daran denke, dass dann alle meine Zeichnungen sehen!

10. Juni, Fr.

Ich habe ja schon die ganze Zeit befürchtet, dass ich abgemeldet bin, wenn Tim erst mal da ist. Nur dass es so schlimm kommt, hätte ich echt nicht gedacht.

Aber von vorne:

Bei uns im Hausflur gibt es eine kleine Tür gegenüber von unserer Wohnungstür. Eine Abstellkammer eben. Wahrscheinlich haben die Hausfrauen da früher ihre Putzbesen gelagert. Und eben verkündet mir Mama, dass sie mit dem Vermieter gesprochen hat, und wir können die dazumieten.

»Du willst das Baby in die Abstellkammer stellen?«, hab ich sie entsetzt gefragt.

»Ach Marie«, hat Mama geseufzt. »Das Baby ist noch klein, das muss in unserer Hörweite schlafen. Aber du hättest in dem neuen Zimmer doch viel mehr Freiraum!«

Freiraum! In einer Abstellkammer? Und mein Bett kommt da senkrecht rein, oder was?

»Nein!«, hab ich gebrüllt und mich in meinem Zimmer eingeschlossen. Mama klopft seit einer halben Stunde an die Tür und versucht mit mir zu reden, aber ich hab meine Anlage extra laut gedreht, damit ich sie nicht hören muss. Und damit sie nicht hört, dass ich heule. Geheult habe.

Inzwischen bin ich nur noch sauer. Wenn sie Krieg will – den kann sie haben!

(Pickel ein bisschen kleiner. Puh.)

11. Juni, Sa.

10:00 Uhr

Endlich ist er da! Der Partytag! Der Tag, an dem ich mit Flo zusammenkommen werde! Endlich wird mein Traum wahr. Die Band spielt, mein erster Kuss … Oh Mann!

ICH BIN SO AUFGEREGT!

12:00 Uhr

Mama hat mich eben gefragt, ob sie noch mal mit mir reden kann. Ich hab zwar nein gesagt, schließlich will ich mir meinen Glückstag nicht durch ihr Gelaber versauen lassen. Außerdem sind wir im Krieg. Aber natürlich hat sie trotzdem losgequatscht.

Und natürlich ging es wieder um die Abstellkammer. Nur, dass es gar keine Abstellkammer ist.

»Und was ist es dann?«, hab ich gegrummelt.

»Eigentlich ein Dienstbotenzimmer«, sagte Mama strahlend. »Aber …«

Ein Dienstbotenzimmer? Das ist ja wohl das Allerletzte! Soll ich sie jetzt bedienen, oder was?

Mama fand das aus irgendeinem Grund sehr witzig.

»Klar, wenn ich eine Tasse Tee will, dann läute ich bei dir«, grinste sie.

An der Stelle hab ich mich umgedreht und bin gegangen. Nicht genug, dass sie mich in die Sklavenkammer abschiebt, jetzt macht sie auch noch Witze darüber!

Und noch schlimmer: Sie hat angeordnet, dass ich heute Abend um elf Uhr wieder zu Hause sein muss. Wie ein kleines Kind. Und das mit vierzehn!

Aber egal. Die Party lass ich mir von ihr nicht versauen! Dann muss es eben vor elf klappen mit Flo.

17:00 Uhr

Gebadet, Haare gewaschen und geföhnt. Und schicke Schuhe aus Mamas Schrank geklaut, wir haben die gleiche Größe. Die stelle ich gleich

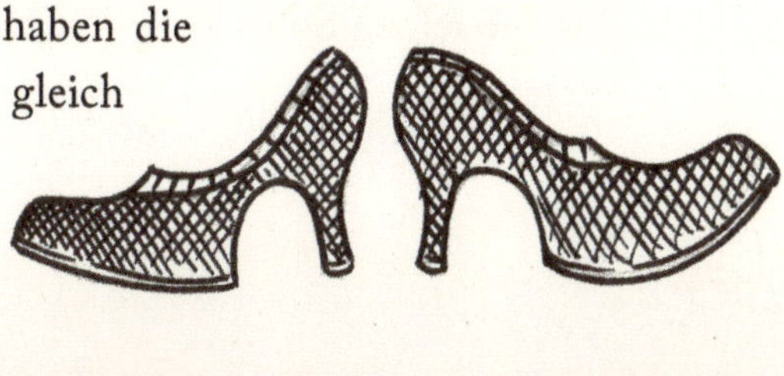

morgen früh wieder zurück. Das merkt sie gar nicht, sie läuft nämlich nur noch in Hausschuhen rum wegen ihrer geschwollenen Füße. Ob ich auf den Absätzen laufen kann, ist eine andere Frage …

19:00 Uhr

Sonja ist gerade im Bad und frischt ihr Make-up auf.

Als sie vorhin kam, ist sie natürlich gleich im Flur in Papa hineingerannt. Zum Glück hatte sie noch ihren Mantel an, aber darunter blitzte eine Glitzerstrumpfhose hervor. Papas Augenbrauen wanderten ziemlich weit nach oben, aber bevor er etwas sagen konnte, zog ich Sonja schnell in mein Zimmer.

»He, was ist denn in dich gefahren?«, keifte sie und rieb sich demonstrativ den Arm. »Das tat weh!«

»'tschuldigung«, sagte ich. »Aber Papa muss ja nicht alles mitkriegen.«

Sonja riss die Augen auf. »Wieso denn das nicht? Deine Eltern sind doch voll locker drauf.«

Hat die eine Ahnung! Aber ich wollte mich nicht mit ihr streiten.

»Lass uns anfangen«, sagte ich deshalb nur.

Aber so schnell ging es dann doch nicht.

Sonja saß gerade auf meinem Teppich und sichtete ihr Make-up-Täschchen, als sie plötzlich tierisch anfing zu kreischen. Ich dachte schon, es ist wer weiß was passiert, dabei hat sie bloß in einen von Rasputins alten Kötteln gefasst. Den hab ich wohl übersehen, aber sooo schlimm ist das echt nicht. Die stinken überhaupt nicht, und außerdem sind sie nach spätestens einem Tag knochentrocken. Und Meerschweinchen brauchen Auslauf. Das hab ich zu Sonja auch gesagt, aber es hat sie überhaupt nicht interessiert.

»Du und dein Stinktier!«, hat sie gekreischt, dabei hab ich ihr schon tausendmal gesagt, dass Rasputin nicht stinkt. »Churchill braucht auch Auslauf, aber der macht nur in sein Klo!«

Dafür faucht und kratzt ihr bescheuerter Kater, und er ist echt hinterhältig. Und mit Rasputin kann man super kuscheln! Aber das ist Sonja natürlich egal. Sie ist erst mal ins Bad gestürmt und hat mindestens zehn Minuten lang ihre Hand gewaschen. Oh Mann!

Wenigstens ist sie Papa nicht begegnet.

Nach einer Weile hat sie sich zum Glück wieder eingekriegt und endlich mit dem Styling angefangen. Sie hat sich auf die Kante meines Schreibtischstuhls gesetzt, und ich musste vor ihr knien, damit mein Gesicht auf der richtigen Höhe ist. Dann hat sie daran herumgetupft, gemalt und gepinselt. Jetzt fühlt sich meine Haut an, als wäre Wachs darauf, so viele Schichten hat Sonja aufgetragen. (Auch Lippenstift. Aber ich hab extra gefragt: Sie hat Fixierer draufgemacht, sodass er beim Essen und Trinken nicht abgeht. Nie wieder »Herpes«!)

Jedenfalls, der Spiegel sagt, es sieht gut aus, und Sonja auch: »So kann ich dich auf die Männerwelt loslassen«, meinte sie zufrieden grinsend. »Da muss dein Nick echt aufpassen, dass du dir nicht jemand anderen angelst!«

Aber genau das ist ja der Plan. Und wenn selbst Sonja daran glaubt, dann muss es einfach klappen.

12. Juni, So.

1:00 Uhr

Ich weiß gar nicht, wo ich anfangen soll. Am besten ganz von vorne:

Als Erstes stand Papa mitten im Flur, als wir uns zur Haustür schleichen wollten. (In meinem Fall eher stolpern als schleichen – diese blöden Schuhe!)

Wir waren zum Glück schon im Mantel, so weit hatte ich mitgedacht. Aber natürlich guckte auch bei mir darunter nur eine Strumpfhose hervor, und Papas Augenbrauen verschwanden komplett unter seinen Haaren.

»Marie«, grummelte er und zu Sonja: »Hast du sie dazu angestiftet?«

»Wozu?«, fragte Sonja, aber ich schob sie einfach in den Hausflur, rief »Tschüss, Papa« und zog die Tür hinter uns zu. Sie ging sofort wieder auf.

»Darüber reden wir noch!«, rief er. Ohne mich umzudrehen, rief ich zurück: »Mama hat's erlaubt! Tschü-hüss!«

Mir war klar, das würde noch tierischen Ärger geben, weil Mama natürlich nur die Party erlaubt hatte und vom Aufbrezeln nichts wusste. Aber egal.

Als Nächstes rannte uns Nick über den Weg. Er starrte natürlich auch auf meine Beine, aber ohne zu grinsen wie damals bei Sonja. Eigentlich sollte er ja gar nicht wissen, dass ich mich trotz seiner Warnung so sexy gestylt hatte. Aber während mein Gehirn noch rotierte, um irgendeine Ausrede zu erfinden, fragte er schon: »Ist das heute mit der Party?«

Seine blauen Augen sahen dabei direkt in meine, und mir wurde abwechselnd heiß und kalt.

Sonja strahlte ihn an.

»Ja, aber Marie hat gesagt, du kommst nicht. Oder jetzt doch?«

»Ach, hat Marie das gesagt.« Er sah mich immer noch an.

»Ja, ähm …«, stammelte ich.

»Also kommst du jetzt doch?«, bohrte Sonja nach.

»Nein«, sagten Nick und ich gleichzeitig.

»O-kay«, meinte sie. »Ich lass euch zwei Turteltäubchen dann mal einen Moment allein.«

»Ich will nichts von Benny, falls du das glaubst«, sagte ich, kaum, dass sie außer Hörweite war.

»Ach nein?«, sagte Nick.

Meine Wangen glühten.

»Nein«, sagte ich etwas zu trotzig.

»Und von wem dann?«, fragte er.

Lügen konnte ich nicht, während er mich so ansah.

»Jemand anderes eben«, sagte ich.

Er wandte den Blick ab und sagte: »Schade«, und ich fühlte mich plötzlich richtig mies.

Dabei bin ich ihm doch keine Erklärung schuldig!

Aber das miese Gefühl blieb, bis wir auf der Party ankamen.

Die Kellertreppe runter mit Mamas Absätzen, das war echt eine Leistung. Ich hatte bei jeder Stufe Angst, ich knicke um und breche mir den Knöchel. Aber der Partyraum sah echt cool aus. Das, was man davon sehen konnte, jedenfalls – es war nämlich ziemlich schummerig, was das Laufen nicht gerade leichter machte. Vor allem taten mir die Füße weh. Wie schaffte Sonja es bloß, auf ihren Absätzen so dahinzuschweben? Durchhalten, Marie, sagte ich mir, tu es für Flo. Wo steckte der überhaupt? In einer Ecke standen zwar schon die Instrumente der Band, aber von Flo keine Spur. Von Benny auch nicht.

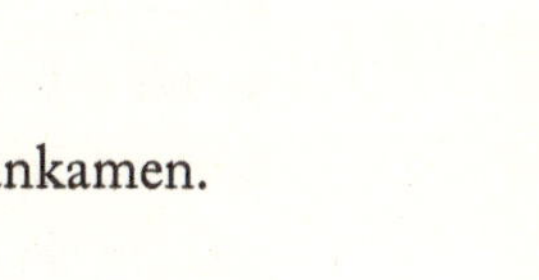

Und wer war stattdessen da? Natascha! Natürlich. Aufgebrezelt wie sonst was. Ich starrte sie an wie ein Ufo, während

Sonja und sie sich kreischend in die Arme fielen und Bussis rechts und links austauschten.

»Ich denk, du hast die Grippe!«, sagte Sonja, als sie sich wieder voneinander gelöst hatten.

»Ach, das bisschen Erkältung«, winkte Natascha ab. »Ist natürlich super, wenn man ein paar Tage in der Schule fehlen kann, aber dafür lasse ich mir die Party doch nicht entgehen.« (Und deswegen hatte ich ein schlechtes Gewissen gehabt!)

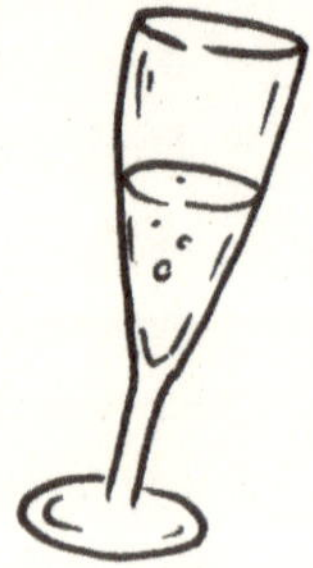

Sie schwenkte ihr Sektglas. »Apropos Party: Ihr habt ja noch gar nichts zu trinken!« Also hatte sie doch bemerkt, dass ich da war.

»Was kann ich für euch zwei Süßen tun?«, fragte der blonde Junge hinter dem Tresen und glotzte zwischen Sonjas Brüste. Sie trug ein silber-glitzerndes Etwas, das nur aus zwei Stoffbahnen bestand und zwischen den Brüsten bis runter zum Bauchnabel frei war. So was anzuziehen, hätte ich mich nie getraut. Aber bei Sonja sah es echt gut aus, und dem Blonden fielen fast die Augen aus dem Kopf. Sonja bestellte Sekt und ich einen O-Saft.

»O-Saft? Das ist hier kein Kindergeburtstag!«, sagte Natascha. Der Barkeeper grinste.

»Na gut, dann halb-halb«, sagte ich und starrte ihn düster an.

»Einmal Sekt, einmal halb-halb. Kommt sofort!«, rief er.

»Wo ist denn die Band?«, fragte Sonja, während er an der Sektflasche herumfummelte. Auffälliger ging es ja wohl nicht! Aber die Jungs hatten sich in ein anderes Zimmer verkrümelt, um ihren Auftritt noch mal durchzugehen.

Also schlürften wir unsere Getränke an der Bar.

So ein Mist, dass Natascha hier war!

Langsam wurde mir klar, was das hieß: Mein Traum war geplatzt. Flo würde die ganze Zeit mit ihr abhängen und mich ignorieren. Ich zupfte an meinem Rock. Er war wirklich sehr kurz. Aber gegen Natascha nützte mir das nicht viel. Wäre ich doch bloß nicht zu Bennys Geburtstagsfeier gekommen.

Geburtstag … oh nein! Plötzlich fiel mir ein, dass ich gar kein Geschenk hatte.

»Habt ihr eigentlich ein Geschenk für Benny?«, fragte ich.

»Klar«, grinste Sonja.

»Ich schenk was mit Flo zusammen«, sagte Natascha.

Auch das noch!

»Sonja, kann ich mich an deinem beteiligen?«

»Nee, das geht nicht.« Sie zwinkerte mir zu. »Es ist ein ganz persönliches Geschenk.« Ich bekam einen tierischen Schreck.

»Doch keine Kondome?«, flüsterte ich.

»Mann, bist du verklemmt«, ätzte Natascha. »Und wenn schon!«

Und Sonja grinste: »So ähnlich.«

»W-was …«, stammelte ich, aber Sonja legte nur den Finger auf die Lippen und lächelte geheimnisvoll. Ich kannte diesen Blick, weiterbohren hatte da keinen Sinn. Hoffentlich machte sie keinen Mist und verführte Benny ohne Kondome! Oder er sie – ich hatte Nicks Warnung immer noch im Kopf. Am Ende wurde sie noch schwanger wie meine Mutter!

Obwohl: So ganz glauben konnte ich es immer noch nicht, dass sie wirklich mit ihm schlafen wollte.

Langsam füllte sich der Keller. So gegen neun ging plötzlich das Licht aus, und ein Scheinwerfer flutete die Bühne mit weißem Licht. Und dann kam die Band. Flo trug Jeans und ein weißes T-Shirt und sah unheimlich süß aus. Die Jungs nahmen ihre Instrumente, und los ging es. Flo war mit seinem Saxofon einfach umwerfend, und Benny sang auch nicht schlecht. Der schleimige Nils legte sich hinter seinem Keyboard richtig ins Zeug, aber das sah eher peinlich aus. Und dann waren da noch zwei Jungs, die ich vom Sehen kannte, Leon und Max aus Flos Klasse.

Aber eigentlich wartete ich nur auf die Pause. Vielleicht passierte ja doch noch ein Wunder! Meine Daumen waren schon ganz taub vom vielen Drücken.

Dann war es endlich so weit: Flo kam von der Bühne und ging – zu Natascha, die ein paar Meter neben mir stand. Natürlich. Ich dumme Kuh! Was hatte ich denn erwartet?

Sie zog seinen Kopf zu sich herunter, um ihn zu küssen, aber Flo machte sich von ihr los. Nanu?

»Ich will mir doch nicht deine Bazillen einfangen«, grinste er, und Natascha machte einen Schmollmund.

Er drehte sich von ihr weg, und dann … kam er zu mir. Wie in meinem Traum! Ich konnte es kaum glauben, und meine Knie wurden ganz weich, als er sich zu mir herunterbeugte. Oh Gott, dachte ich noch, ich kann doch gar nicht küssen, aber dann sagte er: »Wir hatten einen Deal.«

Auf einen Schlag waren meine Knie wieder stabil.

»Was?«, murmelte ich.

»Unser Deal! Sonja läuft schon wieder im Mini rum, und obenrum hat sie so gut wie gar nichts an!«, sagte er.

Genauso gut hätte er mir einen Eimer Wasser über den Kopf kippen können. Plötzlich war mir klar, dass er mich nur benutzt hatte. Was war ich bloß für eine dumme Gans gewesen? Ich könnte mich wahrscheinlich nackt auf den Kopf stellen, und er würde mich nicht beachten!

»Hast du gar nichts dazu zu sagen?«, fragte er.

»Doch«, sagte ich und merkte, wie in meinem Bauch die Wut zu brodeln begann. Wie kam er dazu, mich so niederzumachen?

Ich sah ihm in die Augen, aber da kribbelte nichts mehr.

»Idiot!«, sagte ich. »Du bist ein Idiot!« Was Besseres fiel mir mal wieder nicht ein, aber Flo fiel trotzdem die Kinnlade runter. Ich drehte mich um und stakste auf Mamas Schuhen davon. Ich wollte nur weg. Kurz darauf kam ich an der Bar vorbei und bestellte noch einen O-Saft.

»Aber ohne Sekt!«, bellte ich den Barkeeper an.

»Ist ja gut.« Er hob abwehrend die Hände, grinste aber dabei.

Ich setzte mich auf einen Barhocker und kickte erst mal die Schuhe von meinen schmerzenden Füßen. Während ich meinen O-Saft schlürfte, sah ich mich im Keller um. Natascha und Flo konnte ich nicht entdecken – ein Glück! Aber wo steckte eigentlich Sonja?

Ich trank den Saft gaaaanz langsam, aber irgendwann war das Glas trotzdem leer. Immer noch keine Spur von Sonja. Dabei hätte sie mit ihren pinken Haaren doch eigentlich gut zu sehen sein müssen! Und Benny war auch nicht in Sichtweite. Ich sah auf die Uhr. Es war schon halb elf, eigentlich sollte ich mich langsam auf den Weg machen. Aber ich konnte doch nicht gehen, ohne Sonja Bescheid zu sagen!

Jemand schob sich auf den Barhocker neben mir.

»Hi«, sagte Nils. Seine Haare sahen aus, als wären tausend Schnecken darübergekrochen. Ich bemühte mich, nicht angeekelt zu gucken. Erstens waren wir Zeitungskollegen, und zweitens wusste er vielleicht, wo Sonja war. Schließlich war er auch in der Band.

»Hast du Sonja gesehen?«, fragte ich, so freundlich ich konnte.

»Sonja? Ich glaube, die ist vorhin mit Benny verschwunden. Ist aber schon eine Weile her. Wieso? Suchst du sie?«

»Würde ich sonst fragen?«

Er grinste dämlich. »Wenn du willst, kann ich dir suchen helfen.«

»Nee, danke, das mache ich lieber alleine«, sagte ich.

»Ähm … hast du vielleicht Lust, vorher noch was zu trinken?«, stotterte Nils.

Oh Gott.

»Nein, ich muss weg!«, rief ich.

Mit einem Satz sprang ich vom Barhocker und merkte erst nach ein paar Schritten, dass ich gar keine Schuhe anhatte. Nils glotzte dämlich, als ich umkehrte, mich in die Dinger zwängte und machte, dass ich wegkam. Was hatte ich mir nur dabei gedacht, mit ihm zu reden? Hoffentlich hatte Natascha das nicht gesehen! Sonst erzählte sie am Montag der ganzen Schule, dass wir zusammen waren.

Da schob sich auf einmal Benny an mir vorbei, und ausnahmsweise schaltete ich ziemlich schnell: Ich hielt ihn am Arm fest. Er drehte sich um, und eine stinkende Bierwolke strich über mein Gesicht. Mit einem künstlichen Lächeln fragte ich:

»Hast du Sonja gesehen?«

Benny zog die Stirn kraus. »Wen?«

»Na Sonja! Meine Freundin!«

Wollte er etwa behaupten, er wüsste nicht, wer Sonja ist? Nachdem er vorhin mir ihr zusammen verschwunden war?!

»Ach so, die. Ich glaub, die ist nach Hause«, sagte er und grinste schief. Dann schob er meine Hand von seinem Arm und ging einfach weiter in Richtung Bühne.

Sonja? Nach Hause?

Ohne mir Bescheid zu sagen?

Hatte sie sich vielleicht mit Natascha verkrümelt? Nee, die knutschte dahinten in der Ecke mit Flo.

Und was war mit Bennys speziellem Geschenk?

Am liebsten wäre ich noch mal hinter ihm her, aber dann hätte ich mich auf der hell erleuchteten Bühne vor dem Mikro mit ihm streiten müssen. Echt nicht. Also drehte ich noch eine Runde durch den Keller, aber keine Spur von Sonja. Sie war wohl wirklich nach Hause gegangen. Verdammt komisch!

Ob Benny sie hatte abblitzen lassen?

Auf der Party war sie jedenfalls nicht mehr. Also ging ich auch.

Was Mama und Papa sagten, als ich eine halbe Stunde zu spät nach Hause kam und dann auch noch so aufgebrezelt, war klar. Sie standen schon im Flur bereit, als hätten sie die ganze Zeit auf mich gewartet. Und das mit den Schuhen hat Mama so natürlich auch gemerkt. Aber was soll's. Viel wichtiger ist: Was ist mit Sonja passiert?

Als die Standpauke vorbei war und alle im Bett lagen, rief ich Sonja noch mal auf dem Handy an. Sie ging nicht ran. Ich hab irgendetwas Wirres auf ihre Mailbox gequatscht, ihr eine SMS geschickt: »Wo warst du???«, und jetzt gehe ich ins Bett.

Was soll ich sonst machen? Ich weiß überhaupt nicht, ob ich sauer auf sie bin oder ob ich mir Sorgen machen soll.

12:00 Uhr

Bin gerade erst aufgewacht. Sofort ist mir gestern Abend wieder eingefallen, und ich hab mir die Decke über den Kopf gezogen. Es tut verdammt weh, an Flo zu denken. Nie wieder von ihm träumen, nie wieder Kribbeln im Bauch ... am liebsten würde ich losheulen, aber ich bin auch so wütend! Ich könnte ihm eine reinhauen, weil er mich so ausgenutzt hat!

Schnief ... jetzt ist es doch passiert. Hab geheult.

18:00 Uhr

Ich war gerade bei Sonja.

»Hi Marie«, sagte sie, als sie die Tür aufmachte. »Gut, dass du da bist. Ich muss unbedingt mit dir reden.«

Sie sah ziemlich blass aus, und ich dachte schon, es ist was Schlimmes passiert gestern, aber dann schob sie hinterher:

»Es geht um Benny.«

War ja klar. Kein Wort davon, dass sie mich sitzen gelassen hatte!

Ich hab bestimmt ziemlich pissig geguckt, aber Sonja stapfte schon die Treppe hoch, und ihr Kater Churchill grinste mich schadenfroh an. Ich beeilte mich, hinterherzukommen. Flo wohnte schließlich auch hier, und ich wollte ihm auf gar keinen Fall begegnen.

Flo. Beim Gedanken an ihn hätte ich schon wieder heulen können.

Aber jetzt musste ich erst mal rausfinden, was gestern mit Sonja los war.

Als ich in ihr Zimmer kam, saß sie schon auf der Couch. Sie klopfte auf den Platz neben sich. Dann lehnte sie sich zu mir rüber und flüsterte: »Oh, Marie, ich hab so Schiss! Ich bin mit Benny zusammen! Das heißt, ich war's, und jetzt hab ich Angst, dass ich es kaputt gemacht habe.«

»Aha«, sagte ich.

Da hat sie dann doch was gemerkt.

»Hast du was?«

»Allerdings«, sagte ich. »Du bist gestern einfach von der Party verschwunden, ohne mir Bescheid zu sagen.«

Sie riss die Augen auf. »Du bist doch nicht etwa sauer deswegen?«

»Ehrlich gesagt, doch«, sagte ich. »Ich hab dich noch ewig gesucht und tierischen Ärger gekriegt, weil ich zu spät zu Hause war.«

»Tut mir leid«, sagte sie. »Aber ich dachte, du bist eh schon weg, und nach der Sache mit Benny …«

»Welche Sache mit Benny?«, fragte ich. »Dass ihr jetzt zusammen seid? Das ist doch kein Grund abzuhauen!« Sie wurde rot, und mir kam ein Verdacht. »Du hast doch nicht etwa mit ihm geschlafen?«

»Na ja …«, sagte sie.

»Wie, na ja? Hast du nun oder hast du nicht?«

»Na ja … ich wollte ja schon …«

»Aha«, sagte ich. Und kapierte gar nichts.

Sie zwirbelte eine pinke Haarsträhne um den Zeigefinger. »Ich … ach, das ist zu doof, ich weiß gar nicht, wie ich das sagen soll …« Sie kicherte nervös.

»Was? Wieso?«, fragte ich und kam mir dabei ziemlich dämlich vor.

Sie flüsterte: »Der von Benny war riesig! Nicht so ein schlaffes Schrumpelding wie die in der Sauna, sondern riesig! Als ich das gesehen habe, hab ich gemerkt, eigentlich will ich gar nicht.«

»Und hast du etwa trotzdem …?«

»Nee«, sagte Sonja, »natürlich nicht.«

»Und was hat Benny dazu gesagt?«

»Der war sauer. Er hat was gemurmelt von »erst scharfmachen und dann kneifen« und ist abgehauen. Hoffentlich habe ich jetzt nicht alles kaputt gemacht!«

Ihre Augen glänzten feucht.

»So ein Arsch!« Der Kommentar war draußen, bevor ich ihn zurückhalten konnte.

»Ist er gar nicht!«, rief Sonja. »Er war eben enttäuscht, das ist alles. Kann man ja verstehen. Natascha sagt das auch ...«

Na toll! Mit der hatte sie also zuerst gesprochen!

Sonja sah mich mit großen Augen an.

»Was meinst DU denn?«

Ich seufzte.

»Also, ich versteh das nicht. Wenn ihr erst zusammen wart, dann hört das doch wegen so was nicht plötzlich auf.«

Sie sah mich an.

»Hört es nicht, oder? Meinst du, wir sind trotzdem noch zusammen?«

»Das musst du doch wissen!«, rief ich.

Sie runzelte die Stirn. »Meinst du, ich soll ihn anrufen?«

»Keine Ahnung«, sagte ich. »Aber ist das schlau, so was am Telefon zu besprechen?«

»Nee«, entschied Sonja. »Hast recht. Also morgen in der Schule.« Sie klang schon wieder viel fröhlicher.

Trotzdem hatte ich bei der Sache ein komisches Gefühl im Bauch. So ein leises Angstkribbeln.

13. Juni, Mo.

14:00 Uhr

Natascha hat angeblich immer noch Grippe. Die hat Nerven!

Dafür war Sonja heute Morgen noch aufgebrezelter als sonst. Ich unterhielt mich gerade mit Julia, als sie in die Klasse kam, aber sie zog mich einfach beiseite. Ich zuckte entschuldigend mit den Schultern, und Julia winkte ab, aber Sonja bekam davon gar nichts mit, glaube ich.

»Ich bin so aufgeregt«, flüsterte sie. »Ich hab heute Nacht kaum geschlafen. In 97 Minuten sehe ich Benny wieder!«

Schön, dass wenigstens sie sich freute. Ich hätte Flo am liebsten nie mehr wiedergesehen.

Die nächsten zwei Stunden hat Sonja die ganze Zeit mit dem Bein gehibbelt und mich damit ganz wuschig gemacht. Und wenn sie nicht gerade aus dem Fenster starrte, hat sie Herzchen auf ihr Löschpapier gemalt. Mit einem großen B darin.

»Hast du ihn denn gestern noch angerufen?«, raunte ich ihr zu, als die Grote gerade etwas an die Tafel schrieb.

»Nee«, zischte sie zurück.

»Und er dich?«

»Auch nicht. Aber wir sind bestimmt noch zusammen! Hast du ja auch gesagt.«

Weiter kamen wir nicht, weil sich Frau Grote in dem Moment umdrehte und uns scharf ansah. Dann klingelte es endlich zur großen Pause, und Sonja riss mich von meinem Stuhl und schleifte mich die Treppe hinunter.

Als wir auf den Schulhof kamen, hörten wir die Jungs schon aus der Ferne gröhlen. Am liebsten hätte ich mich irgendwo verkrochen, aber ich konnte Sonja ja nicht hängen lassen. Also ließ ich mich von ihr zu den Mülltonnen ziehen.

Aber ich hätte mir gar keinen Kopf zu machen brauchen, denn Flo war nicht da. Dafür alle anderen Jungs. Benny erzählte irgendetwas und wedelte dabei wild mit den Armen, und der schleimige Nils, Leon und Max aus der Band und noch ein paar andere schmissen sich weg vor Lachen. Was erzählte Benny da bloß?

Sonja griff nach meiner Hand. Händchen gehalten haben wir schon nicht mehr, seit wir sieben waren! Sie ließ auch ziemlich schnell wieder los, atmete tief ein, streckte die Oberweite vor und trippelte zu den Mülltonnen hinüber.

»Hi, Benny«, piepste sie.

Benny drehte sich zu ihr um.

»Kennen wir uns?«, fragte er, und die Jungs um ihn herum brüllten noch lauter als vorher.

»Äh ...«, stammelte Sonja. Sie war ganz bleich geworden unter ihrem Make-up.

»Ich glaube nicht«, sagte Benny und grinste von einem Ohr zum anderen.

»Komm«, sagte ich zu Sonja und zog sie am Arm. Wenn ich an Bennys Grinsefresse denke, dreht sich mir immer noch der Magen um.

»Wieso ...«, stammelte Sonja, aber dann ließ sie sich doch von mir wegführen in Richtung Mädchenklo. Den Rest der Pause saß sie heulend auf dem Klodeckel und verbrauchte einen Berg Papier.

»Ich kapier's nicht«, schniefte sie immer wieder. »Ich kapier's einfach nicht!«

Obwohl ich nicht kapier, was es da groß zu kapieren gibt. Benny ist sauer, dass sie nicht mit ihm geschlafen hat, und deswegen schneidet er sie jetzt. Er ist echt ein Arsch! Ich hab's doch schon immer geahnt.

»Ich geh da nie wieder raus«, schluchzte Sonja, als es zur Stunde klingelte. Ist sie auch nicht, jedenfalls nicht in die Klasse. Sie hat behauptet, ihr wäre schlecht, und hat sich von der Schulsekretärin nach Hause schicken lassen. Und das war wahrscheinlich noch nicht einmal gelogen.

Nach der Schule hat Nick mich abgepasst. Das hat er noch nie gemacht.

»Ich muss mir dir reden«, meinte er. »Um drei auf dem Spielplatz?«

»Okay«, sagte ich, und dann war er auch schon wieder weg.

Warum muss er mit mir reden? Ich werde ganz kribbelig, wenn ich daran denke.

Zu Hause dann auch noch Mama: »Marie, wir müssen reden. Über dein neues Zimmer.«

Müssen wir? Das sehe ich aber anders.

Ich hab sie einfach stehen lassen und mich in meinem Zimmer eingeschlossen. In MEINEM Zimmer.

Wenn sie glaubt, sie kann mir so ganz nebenbei die Abstellkammer unterschieben, liegt sie total daneben.

Ich muss mich nachher bloß irgendwie an ihr vorbeischleichen, um zum Spielplatz zu kommen.

16:00 Uhr

Jetzt ist mir auch schlecht. Total schlecht. Wegen dem, was Nick mir gerade erzählt hat. Dabei war es eigentlich total nett von ihm, dass er es mir erzählt hat.

Es ist so: Benny prahlt wohl überall damit, dass er mit Sonja Sex hatte.

»Aber das stimmt doch gar nicht!«, rief ich, als Nick mir das erzählte.

»Nicht? Na, das erklärt einiges«, brummelte er düster.

»Hä?« Ich verstand nur noch Bahnhof. »Was erklärt es?«

Nick starrte vor sich in den Sand.

»Ich weiß echt nicht, wie ich das sagen soll …«

Oh, oh! Ich bekam eine Gänsehaut.

»Jetzt sag schon!«

»Na ja, Benny sagt nicht: Übrigens, ich hatte gestern Sex mit Sonja. Er sagt es anders.«

»Fieser?«, fragte ich.

Er nickte. »Und mit ziemlich vielen Details.«

»Oh«, sagte ich.

»Tut mir leid.« Nick sah mich besorgt an.

»Du kannst ja nichts dafür«, sagte ich. Aber trotzdem fühlte ich mich irgendwie nackt.

»Benny ist fies, ich hab's dir ja gesagt!«

»Jaja, schon gut.« Ich wollte jetzt nicht darüber streiten, wer wem was vorher gesagt hatte. (Ich hatte es schließlich auch Sonja vorher gesagt.)

Oh nein, Sonja!

»Ich muss zu Sonja«, sagte ich und sprang von der Schaukel.

»Viel Glück!«, rief Nick mir hinterher.

18:00 Uhr

Sonja ist völlig fertig.

»Vielleicht hätte ich doch mit ihm schlafen sollen«, schluchzte sie, nachdem ich ihr alles erzählt hatte. »Dann wären wir jetzt zusammen und alles wäre gut.«

»Blödsinn!«, rief ich so laut, dass sie zusammenzuckte.

Ich meine, wenn er jetzt schon allen erzählt, dass er mit ihr Sex hatte, was hätte er erst erzählt, wenn es wahr wäre?

(Was für ein verschwurbelter Satz!)

Dass sie zusammen sind, hat er doch auch nur verkündet, damit er mit ihr schlafen kann.

Das erinnert mich an so ein Oldie-Lied, das Mama immer hört, wenn sie auf Papa sauer ist: *Männer sind Schweine*. Da gibt es eine Zeile: »Jetzt zieh dich aus und leg dich hin, weil ich so verliebt in dich bin.« Das hätte auch von Benny kommen können.

Aber das hat Sonja nicht getröstet, sie wollte es gar nicht hören.

»Ich geh nie wieder in die Schule!«, rief sie und zog sich ihr Kopfkissen vor das Gesicht. »Das ist zu peinlich! Wenn alle jetzt denken, ich hätte wer weiß was mit Benny gemacht!«

»Du weißt doch gar nicht, was er genau erzählt hat«, versuchte ich sie zu beruhigen.

»Das ist ja das Schlimme!«, rief sie.

Stimmt natürlich auch wieder.

Arme Sonja.

14. Juni, Di.

15:00 Uhr

Sonja war heute nicht in der Schule. Keine Ahnung, was sie ihrer Mutter erzählt hat, die Wahrheit bestimmt nicht. Ich muss unbedingt noch mal zu ihr.

Unsere Klassenlehrerin Frau Grote hat mich vor der ganzen Klasse gefragt, ob ich weiß, warum Sonja fehlt. Und ich bin natürlich knallrot geworden. (Warum werde ich immer rot, wenn ich lüge? WARUM?) Aber ich hab gesagt, ich weiß nichts. Hoffentlich hat sie's mir geglaubt. Natascha darf wochenlang fehlen, aber wegen Sonja werde ICH am ersten Tag gegrillt. Ist das fair? Und dann hat mich der schleimige Nils auch noch ganz eklig angegrinst. Wer weiß, was Benny alles erzählt hat? Nein, das will ich gar nicht wissen!

18:00 Uhr

Mama hat mich heute Nachmittag zweimal abgepasst wegen der Abstellkammer, aber ich habe sie beide Male abblitzen lassen.

15. Juni, Mi.

Gestern Abend war ich noch mal bei Sonja. Sie war total fertig und sagt immer noch, sie geht nie wieder zur Schule. Sie erträgt es nicht, wie alle sie ansehen, und Benny zu sehen erträgt sie erst recht nicht. Sie sah aus, als hätte sie die ganze Nacht nicht geschlafen, mit tiefen Ringen unter den Augen und so.

Ihrer Mutter hat sie erzählt, sie hätte Magen-Darm. Weil man das so gut vortäuschen kann. Ich musste ihr sogar die Würgegeräusche von Mama vormachen. Dabei hätte sie gut Grippe haben können, die hat Flo nämlich auch. Von Natascha wahrscheinlich. Das kommt davon, hahaha. Ich bin nur froh, dass ich ihn im Moment nicht sehen muss. Es tut auch so noch genug weh.

16. Juni, Do.

Ich glaube, Mama hat aufgegeben. Gestern hat sie mich ganz in Ruhe gelassen, und heute beim Frühstück murmelte sie bloß: »Du weißt gar nicht, was du verpasst …«

Ich hab einfach nicht reagiert, und seitdem sieht sie mich immer nur so traurig an. Sagen tut sie nichts mehr. Ich weiß nicht, was schlimmer ist …

17. Juni, Fr.

Sonja war die ganze Woche nicht in der Schule. Ewig kann sie diese Magen-Darm-Geschichte aber nicht ausdehnen! Am Ende glaubt ihre Mutter noch, sie wäre schwanger, weil sie sich angeblich ständig übergibt.

Dafür ist Natascha wieder da. Das heißt in der Schule. Bei Sonja lässt sie sich wohl nicht blicken. Sonja hat mir heute stundenlang die Ohren vollgeheult, dass es Natascha nur noch um Flo geht und gar nicht mehr um sie.

»Gestern war sie den halben Tag bei Flo, und glaubst du, sie hat mal bei mir reingeguckt?«, schniefte sie. »Wo ich doch auch krank bin.«

»Bist du ja gar nicht«, sagte ich.

»Darum geht es doch nicht!«, zischte sie. »So was macht man nicht! Eine Freundin so ohne Weiteres abservieren.«

Stimmt schon. Aber warum kann sie sich nicht einfach freuen, dass ICH da bin?

Immerhin: Sie hat mindestens fünfmal »Flo« gesagt, und ich war nur noch ein ganz kleines bisschen traurig.

Ich glaube, langsam komme ich über ihn hinweg.

18. Juni, Sa.

Ob alle Jungs so sind? Dass sie nur das Eine von einem Mädchen wollen (jedenfalls von einem, das sexy angezogen ist)?

Bis jetzt dachte ich eigentlich nicht. Aber Flo ist ja auch mit Natascha zusammen, und bestimmt nicht, weil sie so schlaue Sachen sagt. Und ich habe mal drauf geachtet: Überall sieht man nackte Frauen. Auf Plakaten, im Fernsehen, in Katalogen, sogar auf unserer Fernsehzeitung. Das wäre doch nicht so, wenn es bei Männern nicht wirken würde, oder?

Aber irgendwie will ich trotzdem nicht glauben, dass alle Jungs so sind. Nur: Wen kann ich so was schon fragen?

Nick auf gar keinen Fall! Das wird nur wieder oberpeinlich.

Und mehr Jungs kenne ich ja gar nicht. Außer Paul von der Schülerzeitung, aber den kann ich wohl kaum mit so einer Frage überfallen.

15:30 Uhr

Oh Mann! Gerade saß ich am Küchentisch und schlürfte Tee, als Papa hereinkam und den Wasserkocher wieder anstellte. Ich wollte schon den Rückzug antreten, weil ich Angst hatte, jetzt fängt er auch noch mit der Abstellkammer an. Aber er hängte nur einen Teebeutel in einen Becher und pfiff vor sich hin. Da hatte ich plötzlich DIE Idee. Papa, das war es doch!

Er goss sich gerade dampfendes Wasser ein, als ich ihn fragte: »Du, Papa?«

»Ja, mein Schatz?«

»Denkst du eigentlich an Sex, wenn du eine sexy gestylte Frau siehst?«

Da ist ihm fast der Becher runtergefallen. Er stellte ihn hastig ab und legte mir die Hände auf die Schultern.

»Fragst du wegen dem, was Oma neulich gesagt hat? Das darfst du nicht so ernst nehmen.«

Ich grinste. »Oma nehme ich schon lange nicht mehr ernst.«

Er grinste auch. »Ist auch besser so.« Dann guckte er ein bisschen panisch. »Aber erzähl bloß nicht deiner Mutter, dass ich das gesagt habe!«

»Keine Sorge«, sagte ich. »Es ist auch nicht wegen Oma. Aber sag doch mal! Denkst du nun an Sex, wenn du eine Frau im sexy Outfit siehst?«

Da fing er an zu stottern und betonte, dass er ja sowieso nur Mama treu wäre und niemals mit einer anderen Frau …

»Und wenn Mama so rumlaufen würde?«, fragte ich.

»Das wäre natürlich eine andere Sache«, sagte er.

»Aber mal rein theoretisch«, bohrte ich weiter, »wenn du nicht mit Mama verheiratet wärst, wenn du gar nicht mit einer Frau zusammen wärst, und du siehst eine sexy Frau, würdest du dann an Sex denken?«

Papa hob abwehrend die Hände. »Langsam, langsam, erstens kann ich mir überhaupt nicht vorstellen, nicht mit Mama verheiratet zu sein, und zweitens kann man das doch so allgemein gar nicht sagen.« (Laber-Schwafel ...)

»Also nicht?«

Papa grinste schon wieder. »Na ja, wenn sie schöne Beine hat, vielleicht ...«

»Du würdest also ERST an Sex denken und dich dann vielleicht verlieben?

»Das habe ich nicht gesagt!«, rief Papa. »Das Eine hat doch mit dem anderen nichts zu tun!«

»Sex hat mit Liebe nichts zu tun?«, fragte ich. Das hatte ich nun wirklich nicht erwartet.

»Nein, du verstehst das völlig falsch!«, rief Papa. Jetzt klang er richtig panisch. »Ich meine nur, man verliebt sich doch in das Innere eines Menschen, in das, was ihn ausmacht, und nicht in seine Beine.« Er überlegte kurz.

»Obwohl eine schöne Hülle es natürlich leichter macht. Aber langfristig kommt es nur darauf an, wie jemand ist, nicht, wie er aussieht.«

»Also, du verliebst dich in das Innere, und dann willst du Sex auch ohne sexy Outfit, aber wenn du ein sexy Outfit siehst, willst du auch Sex, richtig?«, fasste ich zusammen.

»Du verdrehst einem die Worte im Mund!«, rief Papa und machte ein paar Schritte nach hinten. »Besprich das mal lieber mit deiner Mutter.«

Er nahm seinen Becher vom Tisch und hastete zur Tür. Thema beendet, hieß das wohl. Mit Mama besprechen! Ha! Die redete doch nur über Babys im Moment, und außerdem konnte ich sie wohl kaum fragen, ob sie an Sex dachte, wenn sie eine Frau im Mini sah. Papa war schon halb draußen, da drehte er sich noch mal um, dass der Tee auf die Fliesen schwappte.

»Du willst doch nicht etwa mit einem Jungen schlafen?«

»Nein, keine Sorge«, sagte ich.

»Gut.« Dann fiel ihm noch etwas ein. »Und den Minirock ziehst du mir auch nicht wieder an!«

»Jaja«, murmelte ich. Erst die ganze Zeit rumdrucksen und dann den Erziehungsberechtigten raushängen lassen. Typisch!

Obwohl, dass man sich in das verliebt, was jemand ist – das hat Nick doch auch schon mal gesagt. Und ich finde es immer noch wahnsinnig süß.

19. Juni, So.

Ich habe das Party-Outfit doch noch mal angezogen, aber nur in meinem Zimmer vor dem Spiegel. Und ich glaube, das war echt das letzte Mal. Nicht, weil Papa es verboten hat, natürlich. (Da kriegt man ja eher Lust, es noch mal zu tun!) Und auch nicht, weil irgendwelche Jungs an Sex denken könnten, wenn sie mich so sehen. (Obwohl ich bei dem Gedanken schon wieder rot werde …) Nee, ehrlich: Das hieße ja, ich lasse mir von denen vorschreiben, was ich anziehe oder nicht. Und sich wegen der Jungs NICHT sexy anzuziehen, das ist ja genauso dämlich wie es extra für sie zu tun. Ja, ich weiß: Genau das habe ich gemacht. Und was dabei rausgekommen ist, sieht man ja.

Nee, der Hauptgrund ist, dass ich mich darin verkleidet fühle. Das bin einfach nicht ich! Genauso gut könnte ich mir ein Biene-Maja-

Faschingskostüm anziehen. (Obwohl dabei wohl kaum einer an Sex denkt.)

20. Juni, Mo.

Flos Grippe kann nicht so schlimm gewesen sein, er ist nämlich schon wieder in der Schule. Natascha und er knutschen jetzt öffentlich auf dem Schulhof. Ist mir ja eigentlich egal (wirklich!), aber was mich richtig sauer macht, ist, dass Benny danebensteht und alle kaspern rum und knuffen sich wie immer. Ich könnte glatt hingehen und ihm eine reinhauen, so wütend bin ich!

Nur ist er leider einen Kopf größer als ich und zweimal so breit. Ist wohl keine gute Idee.

Aber das kann es doch nicht gewesen sein!

22. Juni, Mi.

Ich war gerade bei Sonja, und wir sind die ganze Benny-Geschichte noch mal durchgegangen (zum hundertsten Mal? Zum tausendsten? Ich weiß es nicht.) Da hörten wir auf einmal so ein komisches Stöhnen durch die Zimmertür.

»Ist dein Kater krank?«, fragte ich, aber Sonja schüttelte den Kopf. »Das klingt nicht wie Churchill.«

Sie legte einen Finger auf die Lippen und schlich in den Flur hinaus und ich hinterher. Die Geräusche kamen aus Flos Zimmer. Aber gerade, als wir unsere Ohren an die Tür legen wollten, wurde es still. Dann hörte man Stimmen, und wir schlichen schnell wieder zurück. Wie peinlich wäre das denn, wenn Flo uns beim Lauschen erwischt? Kurz darauf hörte man ein Poltern auf der Treppe und Stimmen, und dann knallte unten die Haustür. Sonja ging zum Fenster und linste unter der Gardine durch.

»Kann man das von unten nicht sehen?«, fragte ich.

Sie schüttelte den Kopf und winkte mich herbei. Unten legten Flo und Natascha gerade eine Knutscheinheit ein, und ich könnte schwören, dass Natascha dabei über Flos Schulter zu unserem Fenster hinaufsah. Dann ging sie weg, und er warf irgendwas in die Mülltonne und schlurfte zurück ins Haus.

»Wollen wir nachsehen?«, kicherte Sonja.

»Was nachsehen?«

»Na, in der Mülltonne!« Sie war schon aus der Tür.

Sooo wichtig, dass ich deswegen Mülltonnen durchwühlen musste, fand ich die Sache zwar nicht, aber alleine in Sonjas Zimmer zu warten, war auch doof. Also ging ich mit. Und als Sonja den Tonnendeckel hochklappte, war plötzlich klar, was wir für Geräusche gehört hatten: Darin lag ein Kondom. Und es war eindeutig benutzt.

23. Juni, Do.

Heute nach Mathe schlich sich Natascha an mich heran und zischte mir ins Ohr: »Dann bist du jetzt ja die Einzige hier, die noch Jungfrau ist!«

Ich hab nur Bahnhof verstanden und wohl auch so geguckt,

denn sie fügte hinzu: »Na, Sonja hat mit Benny, und ich habe mit Flo, da bleibst ja nur noch du übrig.«

»Aber Sonja hat doch gar nicht …«, rief ich und merkte selber, dass ich zu laut war. Also flüsterte ich: »Sie hat doch gar nicht mit Benny geschlafen.«

Natascha winkte ab. »Jaja, sagt SIE.«

»Aber …«, sagte ich, doch sie drehte sich auf dem Absatz um und schwebte aus der Klasse.

Tolle Freundin. Auf wessen Seite ist sie eigentlich, auf Sonjas oder auf Bennys? Und wieso findet sie es so toll, nicht mehr Jungfrau zu sein? Ich meine, Sonja ist doch total fertig, weil Benny das über sie erzählt. Natürlich auch, weil er es auf so eine widerliche Art sagt, aber trotzdem.

Auf jeden Fall muss ich das unbedingt Sonja erzählen!

Ich hoffe, bei mir wird das mal anders. Ganz anders. Ich werde nur mit einem Jungen schlafen, den ich liebe. Und der mich auch liebt, natürlich. Und das geht dann keinen was an außer uns beide. Aber wer weiß, wann das sein wird? Und vor allem: mit wem? (Mein Herz klopft schon wieder total, wenn ich daran denke.)

24. Juni, Fr.

3:00 Uhr

Hab gerade Mama in der Küche getroffen. Ich konnte nicht schlafen wegen der Sache mit Sonja und hab mir ein Glas Wasser geholt, und da saß sie. Eigentlich bin ich ja immer noch sauer wegen der Dienstbotenkammer, in die sie mich stecken will. Und ich dachte, sie ist auch sauer auf mich wegen der Party und weil ich mir ihre Schuhe geliehen habe. Aber ich konnte ja schlecht in der Tür wieder umdrehen, und außerdem ist das genauso meine Küche wie ihre.

»Kannst du auch nicht schlafen?«, fragte Mama, aber es klang überhaupt nicht sauer.

Ich schüttelte den Kopf.

»Ich auch nicht«, sagte sie. »Dieser dicke Bauch – man weiß gar nicht, wie man liegen soll.«

»Mhm«, nuschelte ich.

»Und warum konntest du nicht schlafen?«, wollte sie wissen.

»Nur so. Dies und das«, murmelte ich und wollte mich wieder verkrümeln, aber sie hielt mich fest.

»Komm doch mal her«, sagte sie und nahm mich in die Arme. Das ging zwar nur über die Seite wegen des Bauches, aber es war trotzdem schön. Sie strich mir über die Haare und sagte: »Was ist denn los? Du kannst es mir doch erzählen.«

Am liebsten hätte ich das auch gemacht, aber es sind ja Sonjas Probleme, und die kann ich doch nicht einfach so weitertratschen.

Also sagte ich: »Ich kann's nicht sagen, aber es geht auch nicht um mich.«

Ich dachte, jetzt zickt sie wieder rum, aber sie sagte nur: »Pass auf dich auf, okay?«

»Okay«, murmelte ich.

Dann schwiegen wir eine Weile, und sie strich mir über den Kopf, und das war echt schön. Dabei bin ich doch eigentlich schon viel zu alt für so was.

Aber sie musste es natürlich wieder kaputt machen. Als es gerade so richtig kuschelig war, sagte sie: »Wegen der Dienstbotenkammer, das wollte ich dir neulich schon sagen …«

Sofort wurde ich steif.

»Das ist natürlich ein doofer Name«, stotterte Mama und streichelte mich plötzlich viel schneller, »aber kannst du dir das Zimmer nicht wenigstens mal ansehen? Wenn es dir nicht gefällt, ist die Sache vom Tisch.«

Ich sah sie misstrauisch an. »Versprochen?«

»Versprochen«, sagte Mama.

Also muss ich da jetzt durch. Aber danach gibt sie hoffentlich Ruhe.

12:00 Uhr

Die »Dienstbotenkammer« ist toll! Okay, an der Wand hängt eine zerfetzte Rosentapete und der Boden ist schrottig, aber es ist ein riesiges Zimmer. Und es gibt sogar ein eigenes Bad! Mit grünen Kacheln, aber was soll's. Das Dienstbotenzimmer ist praktisch eine eigene Wohnung. Mit eigener Wohnungstür!

Und Mama und Papa haben gesagt, ich darf mir die Wandfarbe alleine aussuchen, solange ich nicht schwarz nehme.

»Schade«, hab ich gesagt, aber nur, um ihre blöden Gesichter zu sehen.

Ich krieg eine eigene Wohnung! Gut, dass in einer Woche Ferien sind, dann hat Papa auch Urlaub, und wir fangen an zu renovieren.

Ich hab ein richtig schlechtes Gewissen, weil ich mich so wahnsinnig freue, obwohl es Sonja so schlecht geht.

27. Juni, Mo.

Sonja fehlt offiziell immer noch wegen Magen-Darm, und Frau Grote wird langsam richtig ungemütlich.

»Sonja ist immer noch krank«, stellte sie heute mit säuerlicher Stimme fest, und Kevin krakeelte: »Die simuliert doch!«

Dafür hätte ich ihn am liebsten erwürgt. Er hat ja keine Ahnung, warum Sonja fehlt, kann er da nicht einfach mal die Klappe halten?

Und Frau Grote hat mich ganz scharf angesehen, natürlich nur mich. Aber gesagt hat sie nichts weiter.

29. Juni, Mi.

Heute hat Flo mich auf dem Schulhof angequatscht. Mit Natascha im Arm. Ob ich wüsste, was mit Sonja los ist.

»Diese Magen-Darm-Geschichte glaubt doch kein Mensch!«, meinte er.

Jetzt fing der auch schon an wie die Grote.

»Lass doch«, sagte Natascha und kicherte dämlich.

»Machst du dir denn gar keine Sorgen um sie?«, fragte ich.

Natascha riss die Augen auf.

»Doch klar! Aber erstens hat sie sich auch nicht bei mir gemeldet, als ich mir von meinem Bruder diese blöde Grippe geholt hab. Und zweitens: Wenn sie schwänzen will, dann ist das doch ihre Sache.«

So was Dämliches! Ich drehte mich weg, aber Flo hielt mich an der Schulter fest.

»Ernsthaft, weißt du was darüber?«

Und Benny stand daneben und machte große Ohren.

»Frag doch mal den da!«, schnappte ich, drehte mich um und ging.

Warum war ich noch mal in Flo verknallt?

Inzwischen finde ich ihn nur noch blöd. Okay, er sieht ganz gut aus, aber auch nicht mehr so gut wie früher. Und den Rest kann man echt vergessen.

Erst in der Mitte der nächsten Stunde fiel mir auf, was Natascha so ganz nebenbei gesagt hatte: dass sie sich bei ihrem Bruder mit Grippe angesteckt hat. Da ist mir vielleicht ein Stein vom Herzen geplumpst! (Auch, wenn sie natürlich eine blöde Kuh ist.)

Aber eigentlich wusste ich ja die ganze Zeit, dass an diesem Voodoomist nichts dran ist. (Vor allem, wenn man statt richtigem nur Theaterblut nimmt.)

30. Juni, Do.

Benny hat ein blaues Auge. Jede Wette, dass Flo ihm das verpasst hat! Vielleicht ist er doch nicht so dämlich, wie ich gestern dachte.

4. Juli, Mo.

Heute war Sonja endlich wieder in der Schule. Zum ersten Mal seit Ewigkeiten in Jeans. Als ob der ganze Mist mit Benny nur an den Klamotten gelegen hätte!

Als sie vor unserem Tisch stehen blieb, sind wir uns wie in einem kitschigen Fernsehdrama in die Arme gefallen, und fast hätte ich auch noch geheult. Aber als ich sah, wie der schleimige Nils zu uns rüberstarrte, habe ich mir das verkniffen.

In der Pause erzählte sie mir dann, warum sie wiederkommen musste, und das drei Tage vor den Ferien (lohnt sich ja eigentlich gar nicht): Ihre Mutter ist nämlich misstrauisch geworden, weil sie immer noch Magen-Darm hatte. Sie hat Sonja gezwungen, zum Arzt zu gehen, und der hat natürlich nichts gefunden, jedenfalls keine Magen-Darm-Grippe-Bakterien. Psychosomatisch, hat er gemeint, und dass das eine Vermeidungsstrategie wäre, um nicht zur Schule zu müssen. Ihre Mutter wollte sie daraufhin zum Psychologen schicken, aber da ist Sonni lieber ganz schnell wieder gesund geworden. Nicht, dass der noch rauskriegt, wen sie vermeiden will, oder noch schlimmer: warum.

»Mit Jungs bin ich jedenfalls fertig«, verkündete Sonja, und in der Pause war es fast wieder wie früher. Mit früher meine ich vor Natascha und Benny und allem. Nur, dass wir um die Ecke mit den Mülltonnen jetzt einen ganz großen Bogen machen.

5. Juli, Di.

Ich hatte es total vergessen, bis Julia mit einem Riesenkarton in die Klasse kam: Heute erschien die erste Ausgabe des *Fragezeichens.* Julia hat gleich vor der ersten Stunde mit dem Verkauf angefangen, und die Leute in unserer Klasse haben ihr die Dinger aus der Hand gerissen. (Das heißt, alle außer Natascha.)

In der Pause wollte Sonja mich wieder in Richtung Treppe ziehen.

»Ich kann nicht, ich muss Zeitungen verkaufen«, sagte ich. Julia war schon mit dem Karton davongestürmt und ich wollte so schnell wie möglich hinterher.

»Muss das denn sein?«, fragte Sonja.

»Ja, es muss«, sagte ich.

»Ich hab aber gar keine Lust, Zeitungen zu verkaufen«, maulte sie.

»Wieso du?«

Sie verzog den Mund. »Ach, du willst mich gar nicht dabeihaben?«

»Doch, wenn du möchtest, finden wir bestimmt was für dich zu tun …«, stammelte ich.

»Nee, lass mal. DER ist doch auch dabei, oder nicht?« Sie nickte zu dem schleimigen Nils hinüber, der gerade in seine Jacke schlüpfte.

»Ja, schon, aber auch Julia und Paul und …«

»Dann will ich euch mal nicht weiter stören«, giftete Sonja. So was Blödes! Wie oft hatte sie mich stehen lassen wegen Benny und Natascha? Meinetwegen konnte SIE jetzt die Pause auf der Toilette verbringen!

Ich schnappte mir meine Jacke und rannte dem schleimigen Nils hinterher die Treppe hinunter. Julia, Paul und Emma hatten auf dem Schulhof schon einen Tisch aufgebaut und waren umringt von anderen Schülern.

»Was soll ich machen?«, fragte ich atemlos, und Julia drückte mir einen Karton mit Zeitungen in die Hand.

Aber die Pause war erst halb um, da war schon nicht mehr viel los. Dabei standen in der Nähe einige Jüngere und sahen immer wieder zu uns herüber. Nur wenn wir zurückguckten, drehten sie schnell die Köpfe in die andere Richtung.

»Die schnappen wir uns!«, beschloss Julia, als eine Gruppe kleiner Mädchen zum dritten Mal wegschaute. »Die trauen sich doch nur nicht!«

Also haben wir beide uns ein paar Zeitungen unter den Arm geklemmt und sind zu ihnen rübergegangen.

»Hi«, sagte Julia. »Kennt ihr schon die neue Schülerzeitung?«

»Nein«, sagte eine der Kleinen, und die anderen fingen an zu kichern.

»Wollt ihr sie mal kennenlernen?«, fragte ich, da kicherten sie noch lauter. Aber dann streckte eine Blonde mit Sommersprossen die Hand aus, und plötzlich wollten alle ein *Fragezeichen* haben. Als wir weitergingen, steckten ihre Nasen schon drin.

Danach haben wir eine Gruppe Jungs angequatscht, die haben erst auf cool gemacht, aber dann lief es genau wie bei den Mädchen. Auf die Art haben wir noch mal einen ganzen Karton Zeitungen verkauft. Und viele haben gesagt, dass sie sie richtig gut finden, auch meine Zeichnungen. Ein Mädchen aus der Neunten hat mich sogar gefragt, wo ich das gelernt habe!

Irgendwann sind wir dann nicht mehr rumgegangen, sondern haben Ausrufer gespielt: »Druckfrische *Fragezeichen*! Lest, was der 7a in Oberhavel passiert ist!« Hinterher hatte ich Seitenstiche vom vielen Lachen.

Nach der Pause hat mir Sonja in Mathe böse Blicke zugeworfen, aber das war mir total egal. So viel Spaß habe ich schon lange nicht mehr gehabt!

Die nächste Ausgabe erscheint erst nach den Ferien, aber wir wollen uns schon in den letzten Ferienwochen treffen, damit sie spätestens in der ersten Schulwoche fertig ist. Darauf freue ich mich total.

6. Juli, Mi.

Flo kam heute in der Pause in unsere Klasse gestürmt und hat Julia zur Sau gemacht. Vor allen Leuten! Er hat einfach losgemeckert, dass ihr wohl nicht klar ist, wie wichtig die Schülervertretung ist und was ihr eigentlich einfällt.

Alle haben ihn angestarrt wie ein Auto, nur Sonja hat gegrinst.

Aber Julia war echt cool. Sie ließ sich überhaupt nicht aus der Ruhe bringen, und als Flo das erste Mal Luft holte, sagte sie: »Bevor du hier weiter rumpöbelst, kannst du vielleicht erst mal sagen, was das Problem ist.«

Es stellte sich raus: Flo war stinkig, dass wir seinen Artikel gekürzt haben. Beziehungsweise Paul, aber das weiß Flo ja nicht. Und Julia sagte es ihm auch nicht, was ich ziemlich anständig fand. Sie sagte bloß: »Du hättest ja zu den Sitzungen kommen können, ich hab dich zweimal gefragt. Und der Artikel war nun einmal viel zu lang.«

Flo schnaubte irgendwas von Urheberrecht, aber als er merkte, dass er damit bei Julia nicht weiterkam, zog er schimpfend ab.

Und das Beste: Ich war total auf Julias Seite. Ich glaube, ich bin über Flo hinweg.

7. Juli, Do.

Endlich Ferien!

Ausschlafen, Lesen, Fernsehen!

Einfach nur durch die Gegend gammeln!

Dachte ich jedenfalls, bis Papa mich heute Morgen um neun Uhr aus dem Bett schmiss. Klar, es ist total nett von ihm, dass er mir hilft, mein neues Zimmer zu renovieren. Aber müssen wir deswegen so früh zum Baumarkt hetzen? Er will unbedingt schon heute Nachmittag mit Streichen anfangen, weil er Angst hat, wir schaffen das sonst nicht. Als ob es im Baumarkt so lange dauern würde. Und außerdem hat er die ganze nächste Woche Urlaub. Was für ein Stress! Von wegen Ferien.

13:00 Uhr

Baumarkt war die totale Katastrophe. Lauter alte Männer in blauen Latzhosen, die alles verstopft haben, und Papa hat ungefähr drei Stunden nach einem Verkäufer gesucht. Und als wir endlich alles im Auto hatten, Farbe, Abdeckplanen, Farbgitter und so weiter, hat er gemerkt, dass er die Pinsel vergessen hat. Also noch mal rein. Auf der Rückfahrt hatte Papa kleine Schweißtropfen auf der Oberlippe und hat die ganze Zeit über die anderen Autofahrer geflucht. Dabei habe ich doch glatt drei neue Wörter gelernt.

Und dann stellte sich auch noch raus, dass wir heute gar nicht streichen können, weil Oma zum Kaffee kommt. Dabei war die noch nie am Donnerstag hier, immer nur sonntags. Aber Mama dachte, weil ich doch Ferien habe und Papa Urlaub … (Sie ist ja eh zu Hause wegen Mutterschutz.)

Und sie will nicht, dass wir beide total farbbekleckert am Kaffeetisch sitzen und uns hinterher gleich wieder verkrümeln. Darüber haben sich die zwei total in die Haare gekriegt, und ich bin erst mal in mein Zimmer geflüchtet. In mein altes, natürlich. Früh aufstehen, Stress, Zoff, und dann auch noch Oma zum Kaffee. So hab ich mir meine Ferien echt nicht vorgestellt.

8. Juli, Fr.

Heute habe ich mir den Nachmittag freigenommen. Ich habe behauptet, ich hätte was Wichtiges zu erledigen. Mama hat die Gelegenheit genutzt und Papa einkaufen geschickt – sehr gut! Dann kann er hinterher wenigstens nicht behaupten, er hätte die ganze Arbeit alleine machen müssen. Und ich hatte ja wirklich was Wichtiges zu erledigen: Ich habe Nick nämlich schon ewig nicht mehr gesehen. Und ich wollte ihm doch noch erzählen, wie die Sache mit Sonja weitergegangen ist – und alles über mein Zimmer natürlich auch.

Kaum saß ich auf dem Spielplatz, da kam er auch schon runter. Das funktionierte also auch in den Ferien.

Ich fing sofort an, mich über Benny aufzuregen, und Nick stimmte mir voll zu. Cool, dass es Jungs gibt, mit denen man über so was reden kann.

»Und was ist mit dem anderen?«, fragte er, als ich gerade einmal Luft holte.

»Mit welchem anderen?«

»Na, mit dem von der Party«, sagte er, und ich wurde rot.

»Abgehakt«, sagte ich. »War sowieso total blöd von mir, mich nur wegen eines Jungen so aufzubrezeln. Das mache ich nie wieder.«

»Schade«, sagte Nick und grinste. Dann wurde er wieder ernst. »Aber es sind ja nicht alle so wie Benny.«

»Zum Glück«, sagte ich. »Trotzdem: Von Jungs hab ich erst mal genug. Ich muss ja schließlich mein Zimmer streichen, und dann ist da noch die Schülerzeitung, und …«

»Schade«, sagte Nick noch einmal. »Ich wollte dich eigentlich fragen, ob wir in den Ferien mal was zusammen machen. Schwimmen gehen oder Eis essen oder so.«

Oh Mann, wie blöd war ich eigentlich? Er war doch auch ein

Junge! (Auf meinen Wangen hätte man Würstchen grillen können.)

»Aber dich habe ich doch nicht gemeint!«, rief ich schnell. »Nur Jungs zum Verlieben. Bei dir ist das natürlich was anderes!«

»Ach so, nur Jungs zum Verlieben. Und so einer bin ich natürlich nicht.« Nicks Stimme klang plötzlich kalt, und mein Herz krampfte sich zusammen. Was hatte ich denn nun schon wieder falsch gemacht?

»Ich muss weg«, sagte er und stand auf.

»Hey!«, rief ich.

Aber von Nick war nur noch der Rücken zu sehen.

Jetzt fühle ich mich total schlecht. Warum bloß? Ich muss ständig daran denken, wie verletzt Nick aussah. Ob er in mich verliebt ist? Das hätte ich nienienie gedacht!

Ich bin doch auch nicht in ihn verliebt.

Obwohl – warum klopft mein Herz dann so, wenn ich an ihn denke?

Warum träume ich die ganze Zeit von blauen Augen?

Und warum will ich seit vorhin nur noch heulen?

9. Juli, Sa.

Oh nein! Ich bin in Nick verliebt!

Warum hab ich nur gesagt, es ist albern, dass wir zusammen sein könnten?

WARUM?

Es wäre sooo schön.

Ich muss immer daran denken, wie er mir die Riesensandtorte zum Geburtstag gebaut hat, wie viel Spaß wir im Kino hatten und wie er dieses Lied gesungen hat über den Jungen, der sich nicht traut, einem Mädchen seine Liebe zu gestehen. Plötzlich macht alles Sinn.

Ich muss unbedingt mit ihm reden!

10. Juli, So.

Hab zwei Stunden auf dem Spielplatz gesessen, aber Nick ist nicht gekommen.

Ich könnte die ganze Zeit nur heulen.

Vor allem, als Papa mich dann auch noch angemacht hat, wo ich die ganze Zeit war, er hätte keine Lust, das Zimmer der Madame alleine zu renovieren.

Aber das Schlimmste ist, dass ich mit niemandem darüber reden kann. Sonja ist nämlich gestern mit ihren Eltern nach Kreta geflogen. Ich hab sogar versucht, auf ihrem Handy in Griechenland anzurufen, aber das war aus. Also hab ich irgendwas Wirres auf die Mailbox gestammelt, aber sie hat sich bis jetzt nicht gemeldet. Ist bestimmt auch ziemlich teuer aus Griechenland.

Jedenfalls, irgendwann war ich so weit, dass ich es sogar Mama erzählen wollte. Aber sie ist gerade nicht da. Stattdessen stand im Schlafzimmer ein Wal mit hochrotem Kopf

zwischen einem Haufen Babyklamotten und hat mich angeblubbert: »Meinst du, acht Strampler reichen?« Da bin ich schnell wieder raus.

11. Juli, Mo.

Heute habe ich nur eine Stunde auf der Schaukel gesessen. Länger ging nicht. Mein Po ist schon so platt wie ein Pfannkuchen.

Den restlichen Tag haben Papa und ich weiter Wände gestrichen. Drei Schichten sind schon drauf, und man sieht die Rosen immer noch durch.

13. Juli, Mi.

Heute haben wir Laminat verlegt. Mir tun vielleicht die Arme weh! Und der Rücken.

Zwischendurch bin ich immer wieder in den Hausflur gerannt, Papa hat sich bestimmt gewundert. Da ist nämlich so ein kleines Fenster, von dem aus man den Spielplatz sehen kann. Kleine Kinder in der Sandkiste, Mütter mit Kinderwagen, Bobby-Car-Wettrennen, aber kein Nick.

Danach hab ich alle Rosen einzeln übermalt, und jetzt sind sie endlich weg.

Mein Zimmer sieht richtig toll aus!

Schade nur, dass mir die ganze Zeit zum Heulen ist.

15. Juli, Fr.

Oma ruft jeden Tag an und fragt, ob das Baby schon da ist. Mama hat ihr bestimmt hundertmal gesagt, dass wir sie als Erste anrufen, wenn es so weit ist, aber Oma nervt trotzdem weiter. Heute hat Mama mir mit einer fiesen Grimasse den Hörer hingehalten und geraunt: »Ich ertrag das nicht mehr!« Man sieht ja an der Nummer auf dem Display, dass es Oma ist. (Und wenn man nicht rangeht, ruft sie zehn Minuten später wieder an. Haben wir schon ausprobiert.)

Ich hab also abgenommen, und bevor sie was sagen konnte, gerufen: »Es ist noch nicht da!«

»Sag ihr, sie soll heiß baden. Und Rizinusöl trinken. Das fördert die Wehen«, befahl Oma, bevor sie wieder auflegte. Kein »Schön, dich zu sprechen, Marie, und wie geht es DIR so?«

»Die hat sie nicht mehr alle«, war Mamas Kommentar, als ich ihr das mit dem Rizinusöl gesagt habe.

Manchmal sind wir eben doch der gleichen Meinung.

16. Juli, Sa.

Mein Zimmer ist fertig. Heute haben wir die Möbel rübergetragen, Papa und ich. Mama natürlich nicht, die liegt seit Tagen wie ein gestrandeter Wal auf dem Sofa und stöhnt über die Hitze.

Jetzt wohne ich also in meiner eigenen Wohnung. Papa hat mir sogar eine Klingel angebaut. Die Leute müssen klingeln, wenn sie zu mir wollen. Ist das nicht cool?

Nur Rasputin guckt verwirrt, weil seine Welt sich so verändert hat. Sein Käfig steht zwar wieder in der Zimmerecke, aber der Ausblick ist ja ein ganz anderer, und ein bisschen nach Farbe riecht es auch noch.

Aber das Streichen ist noch nicht vorbei. Morgen geht es in meinem alten Zimmer weiter, hellblau, für Tim. Was für ein Klischee! Na ja, wenigstens tapezieren sie ihm keine Autos an die Wände. Es ist auch höchste Zeit, Tim soll ja schon in einer Woche kommen. In sechs Tagen, um genau zu sein. Und das heißt, er könnte auch jetzt schon kommen, sagt Mama. So richtig pünktlich sind Babys wohl nicht. Sie dreht total am Rad, und Papa ist auch ganz konfus. Heute Morgen hat er sich dreimal Butter aufs Brötchen geschmiert.

Wenn ich nicht die ganze Zeit an Nick denken müsste, wäre ich vielleicht auch ein bisschen aufgeregt.

Immer noch keine Spur von ihm.

18. Juli, Mo.

13:30 Uhr

Tims Zimmer ist fertig, und wir sind alle erleichtert. Mama und Papa, weil Tim jetzt kommen kann, und ich, weil ich den ganzen Nachmittag auf der Schaukel sitzen und auf Nick warten kann. Vorher ging das ja nur in den Pausen.

19:00 Uhr

Ich habe eine knallrote Nase von der Sonne, aber Nick ist nicht aufgetaucht. Ob er noch sehr sauer auf mich ist? Sonst war er doch immer sofort da. Ich muss unbedingt mit ihm reden! Aber die ganze Schaukelhockerei bringt irgendwie nichts.

So ein Mist, dass Ferien sind, sonst könnte ich ihn in der Schule abpassen. Aber so – ich weiß nur, dass er irgendwo in dem Hochhaus wohnt. Ich kenne noch nicht mal seinen Nachnamen. Und ich kenne auch keinen, der ihn kennt.

Halt, stimmt nicht! Flo geht ja in seine Klasse. Aber ich kann doch nicht einfach Flo fragen, wie Nick mit Nachnamen heißt! Nach allem, was passiert ist. Außerdem ist er bestimmt auch in Griechenland.

20. Juli, Mi.

17:00 Uhr

Ich hab's nicht mehr ausgehalten und bin zu Sonja gegangen. Flo war tatsächlich da! Ich glaubte schon gar nicht mehr daran, weil irre lange niemand aufmachte. Aber gerade, als ich wieder gehen wollte, ging plötzlich die Tür auf, und er stand vor mir. Zum ersten Mal bin ich nicht rot geworden. Nur ein bisschen, vielleicht, weil ich Angst hatte, Flo könnte mir Nicks Nachnamen nicht verraten.

Er heißt übrigens Hansen. Nick, meine ich. Gleich gehe ich zum Hochhaus und gucke die Namensschilder durch.

Ich bin so aufgeregt!

Und ich hab auch Schiss.

Was musste ich auch so ein Idiot sein!

Ob er jetzt überhaupt noch was von mir will?

Ich muss unbedingt mit ihm reden.

Hoffentlich ist es noch nicht zu spät!

19:00 Uhr

Ich war gerade bei Nicks Haus und hab geklingelt. Obwohl, ehrlich gesagt, ganz so einfach war es nicht: Ich bin dreimal wieder weggegangen, bevor ich mich getraut habe. Und mein Herz hat so laut geklopft, dass Sonja das bestimmt noch in Griechenland gehört hat.

Hätte ich mir aber alles sparen können: Es hat nämlich keiner aufgemacht.

21. Juli, Do.

9:00 Uhr

Gerade kam eine Karte von Sonja.

»Hi Marie«, stand darauf, »was hast du denn für wirres Zeug auf meine Mailbox gequatscht? Ich hab's viermal abgehört und trotzdem nicht ganz kapiert. (Danach haben meine Eltern blöderweise mein Handy gesperrt.)

Bist du jetzt doch verknallt? In Nick? Das ist doch super! Und halt dich fest: ich auch! Ich hab einen total süßen Griechen kennengelernt, er heißt Nikos und ist schon 16, und er hat die schönsten braunen Augen der Welt!«

Ich bin verdammt froh, dass es Sonja wieder gut geht. Und Nikos ist echt ein schöner Name. Bestimmt ist das Nick auf Griechisch.

Obwohl: braune Augen? Was soll daran so toll sein?

Blau ist doch tausendmal schöner.

10:00 Uhr

Ich war gerade bei Nicks Haus, aber es hat immer noch keiner aufgemacht.

Ob er noch schläft?

12:00 Uhr

Immer noch keiner zu Hause.

Hoffentlich wohnt er noch da. Was mach ich bloß, wenn er heimlich weggezogen ist?

Aber das ist doch Quatsch, oder?

Oder hat Flo mir den falschen Nachnamen gesagt? Aber warum sollte er? Vielleicht ist er ja eifersüchtig auf Nick, und … Nee, Quatsch. Dass Flo nichts von mir will, ist ja wohl eindeutig.

Aber warum macht Nick dann nicht auf?

14:00 Uhr

Keiner da.

16:00 Uhr

Totales Chaos zu Hause: Mama hat Wehen. Papa ist vor Schreck die Bohrmaschine auf den Fuß gefallen, mit der er gerade Tims Regal angebohrt hat, und er ist heulend auf einem Bein durch die Wohnung gehüpft.

Mama hat gekreischt: »Wer hat denn hier die Wehen, du oder ich?«

Da ist er mit zusammengebissenen Zähnen aus dem Haus gerannt und hat das Auto geholt. Man sollte doch meinen, die kennen das alles schon von damals, als sie mich gekriegt haben!

Aber natürlich musste ich dann Mamas Tasche runtertragen, weil Papa die oben vergessen hatte. Keine Ahnung, wie lange sie im Krankenhaus bleiben will, wahrscheinlich drei Wochen, so schwer war das Teil. Papa saß schon unten im Auto und hupte, und kaum war Mama drin, ist er mit quietschenden Reifen losgerast. Oh Mann.

Und weil ich gerade schon mal unten war, bin ich noch mal zu Nick rüber und hab geklingelt. Wieder keiner da.

Aber als ich mich umdrehte, um wegzugehen, stand er plötzlich vor mir. Vor Schreck bin ich einen halben Meter nach hinten gehüpft. Das war nicht so schlau, denn hinter mir war die Wohnungstür, und ich hab erst mal Sterne gesehen. Und einen lilafarbenen Fleck. Als das Bild wieder scharf wurde, stand Nick immer noch da und sah mich besorgt an.

»Marie! Alles klar?«

Ich fasste mir an den Kopf. Das tat vielleicht weh!

Dann sah ich, dass der lila Fleck ein T-Shirt war, und darin steckte eine Frau mit einem netten Gesicht und zotteligen Haaren. Wahrscheinlich seine Mutter. Wie peinlich! Peinlich, peinlich, peinlich!!! Ich konnte doch nicht vor seiner Mutter mit ihm reden! Jedenfalls nicht über das, was ich ihm sagen wollte.

Was aber nicht weiter schlimm war, denn in meinem Kopf war sowieso nur ein großes Nichts. Ich dachte: Marie, sag was! Aber mir fiel überhaupt nichts ein.

Nick sah mich besorgt an und sagte noch mal: »Alles klar mit deinem Kopf?« Dieses Mal schaffte ich es wenigstens, vorsichtig zu nicken.

Der Schmerz ließ langsam nach. Vielleicht hatte ich ja doch keine Gehirnerschütterung.

Die Frau lächelte und sagte: »Verkrümelt euch ruhig, wenn ihr wollt.«

So was von cool! Meine Eltern hätten Nick garantiert erst mal mit Fragen gelöchert.

Also gingen wir nebeneinander zum Spielplatz. Zwischen uns war die Luft irgendwie heißer als rundherum, ich wusste überhaupt nicht, wie viel Abstand ich halten sollte. Mann, war ich froh, als wir die Schaukel erreichten und ich hineinplumpsen konnte! Aber das hielt nicht lange an.

»Was hast du denn vor meiner Haustür gemacht?«, fragte Nick.

Ich wusste genau, jetzt sieht er mich an, aber ich habe nur vor mich in den Sand gestarrt. Meine Wangen standen in Flammen, und ich hatte keine Ahnung, wie ich anfangen sollte. Das Schweigen zwischen uns wurde immer dicker, und schließlich sagte ich: »Ich wollte mit dir reden.«

»Aha«, sagte Nick.

»Ähm, ja«, stammelte ich. Nick musste mich für die letzte Idiotin halten. Am besten, ich platzte jetzt einfach damit raus, egal wie.

»Ich-wollte-mich-für-neulich-entschuldigen«, blubberte ich und schielte vorsichtig zu ihm hinüber.

Er zog eine Augenbraue hoch.

»Für neulich?«

»Na, für das, was ich gesagt habe … dass du kein Junge zum Verlieben bist«, murmelte ich und starrte wieder nach unten.

Plötzlich tauchte Nicks Gesicht vor meinem auf. Er kniete vor mir im Sand.

»Findest du das jetzt nicht mehr?«, fragte er so leise, dass ich es kaum hören konnte, und plötzlich tanzten tausend Schmetterlinge in meinem Bauch.

»Nein«, flüsterte ich zurück, und er beugte sich vor und küsste mich. Seine Lippen waren warm und weich, und er schmeckte ein bisschen nach Pfefferminze. Mein ganzer Körper kribbelte vor Glück. Und als er aufhörte, sah er mich so lieb an, da musste ich ihn gleich noch einmal küssen. Dieses Mal schob er vorsichtig seine Zunge in meinen Mund, und als unsere Zungenspitzen sich berührten, wurde mir schwindelig. Aber es war ganz einfach. Und tausendmal schöner, als den eigenen Unterarm zu knutschen.

Yvonne Struck, geb. 1976 in Lübeck, war nach ihrem Diplom in Biologie mehrere Jahre Studienleiterin für Patientenbefragungen in Hamburg. Seit 2007 arbeitet sie als freie Autorin. »Jungs, meine Mutter und der ganze andere Mist« ist ihr erstes Jugendbuch.

Carolin Nagler, geb. 1984 in München, ist diplomierte Grafikerin und Illustratorin und arbeitet seit 2006 in ihrem Traumberuf. Sie liebt es, neue Figuren zu entwerfen und mit viel Liebe zum Leben zu erwecken. Sie lebt mit ihrem Freund und ihren Katzen Pepper und Chili in München.